A carona

Tatiana Amaral

A carona

2016

Direção Editorial
Silvia Vasconcelos
Assistente Editorial
Thaluana Meira
Preparação
Tássia Carvalho
Revisão
Tássia Carvalho
Diagramação
Vanúcia Santos (AS Edições)
Capa
Renato Klisman

Texto de acordo com as normas do Novo Acordo Ortográfico da Língua Portuguesa (Decreto Legislativo nº 54, de 1995)

DADOS INTERNACIONAIS DE CATALOGAÇÃO NA PUBLICAÇÃO (CIP)
Ficha elaborada por: Tereza Cristina Barros - CRB-8/7410

Amaral, Tatiana
A carona / Tatiana Amaral. -- 1.ed. São Paulo: PandorgA, 2015.
176 p. ; 16 x 23 cm.

ISBN 978-85-8442-077-3

1. Romance norte-americano I. Título.

27.07/020-2015 CDD-869.93

Índices para catálogo sistemático:

2016
IMPRESSO NO BRASIL
PRINTED IN BRAZIL
DIREITOS CEDIDOS PARA ESTA EDIÇÃO À
EDITORA PANDORGA
AVENIDA SÃO CAMILO, 899
CEP 06709-150 – GRANJA VIANA – COTIA – SP
Tel. (11) 4612-6404
www.editorapandorga.com.br

Para Nilton Amaral. Por todos os momentos únicos e por me fazer entender, mesmo que da maneira mais difícil, a importância de dizer

"Eu te amo". Eu te amo, pai!

Prólogo

Quando pequena, ouvia meu pai dizer que o destino era um velhinho sábio, de calças curtas, que ficava na esquina esperando você passar para aprontar alguma travessura.

Durante anos achei que essa visão de vida era o argumento que meu pai usava para fantasiar sobre a sua própria história. Hoje percebo que nunca ouvi nada tão sábio, verdadeiro e interessante. Afinal, quem de nós pode dizer que não foi vítima do destino em algum momento da sua estrada?

O mesmo vale para as duas pessoas cuja história irei contar. Não é nada inventado da minha cabeça, nem nenhum sonho que tive e resolvi colocar no papel. É a história verdadeira de um casal, contada pela melhor amiga de uma prima da ex-namorada do vizinho do meu primo de segundo grau.

Não. Esta não é mais uma história de amor. Esta é a mais pura história de como a vida e o destino duelam para aproximar a realidade o máximo possível da fantasia. E não é que a fantasia a cada dia se aproxima mais da nossa realidade?

Capítulo Um

Era um fim de dia frio, como costumava ser naquela época do ano em uma pequena cidade, muito próxima de Canela, Rio Grande do Sul. A monotonia expunha-se no local praticamente vazio. O turismo quase inexistente diminuía um pouco para aumentar em seguida, com a proximidade do Natal, e a cidade se preparava para acolher os turistas que não conseguiam hospedagens em lugares da vizinhança mais procurados.

As pessoas buscavam abrigo em suas casas, evitando assim a exposição ao frio que a noite prometia. Daniel Ferreira parou seu carro, um CRV prata, que lhe alimentava o ego a cada acelerada no estacionamento da única lanchonete aberta àquela hora por ali.

Era angustiante para ele estar de volta àquele lugar, e ainda mais difícil partir depois de três dias revivendo sua história. As lembranças o assolavam. Ainda podia sentir cada momento vivenciado. Saborear cada prazer que as lembranças lhe permitiam, e se machucar novamente com elas.

Contra a sua vontade, desligou o carro saindo para a chuva fina e gélida que caía constante do céu escuro. Tentando se proteger o máximo possível, escondeu as mãos nos bolsos da calça, encolheu os ombros e, com passos rápidos, alcançou a lanchonete, adentrando o estabelecimento e agradecendo o calor do ambiente.

Há muitos anos Daniel morava no Rio de Janeiro, mais precisamente no Leblon, e, portanto, estava acostumado aos dias quentes. O frio reduzia a sua capacidade de raciocínio, e ele não conseguia se acostumar, mesmo já tendo morado por anos naquela cidade quando ainda era uma criança. Suspirou com as recordações. Precisava mantê-las trancadas no passado a que pertenciam.

Detestava aquele lugar, apesar de ter desejado ardentemente durante grande parte de sua vida voltar e resgatar o que deixara para trás. Algo que ele não queria que tivesse acabado. Porém não mais desejava aquilo. Não depois do que aconteceu. O passado era apenas uma lembrança agradável, um refúgio nos momentos difíceis.

Sem prestar muita atenção nas poucas pessoas que ainda se arriscavam ao frio enregelante do fim do dia, sentou-se a uma mesa distante observando o tempo ruim do lado de fora. Ele ainda teria de dirigir até Canela, onde procuraria um hotel para passar a noite. Pegou o cardápio em cima da mesa para escolher seu pedido.

– Boa noite!

Levantou os olhos para encarar uma moça bonita e sorridente, cabelos negros, olhos azuis, curvas destacadas pelo uniforme, exibindo um decote vantajoso e desnecessário, com um bloco de anotações em mãos. *A garçonete*, pensou desanimado. Não era ninguém conhecido, se é que ainda conhecia alguém naquele lugar.

– Posso anotar seu pedido? – ela sorria.

Embora fosse provavelmente uma abordagem rotineira com todos os clientes, Daniel percebeu que a garota, ainda jovem demais, tentava disfarçar esse fato por meio do excesso de maquiagem, e estava deslumbrada com a beleza dele. Sorriu de volta, os dentes perfeitos. Adorava quando lindas mulheres reagiam a ele. Mas, em seguida, lembrou-se da sua promessa e imediatamente desviou os olhos, concentrando-se no cardápio.

– Sim. Vou querer café simples, queijo quente, aliás não... Hum! Ok! É isso mesmo. Acrescente uma fatia de bolo. Acho que de... – olhou o cardápio verificando as opções, mas só havia uma – chocolate.

A garota anotou prontamente o pedido.

– Mais alguma coisa? – sorriu esperançosa.

Daniel hesitou, mas outra vez recuou.

– Não. Obrigado. – E devolveu o cardápio.

– Não há de quê. Qualquer coisa é só chamar, senhor... – Daniel abriu seu sorriso alvo, muito bem definido, na medida exata, que vencia qualquer barreira das mulheres, e percebeu que a garota a sua frente tinha ficado ainda mais deslumbrada.

– Ferreira. Daniel Ferreira – piscou os olhos inocentemente, no entanto tendo consciência do efeito que seus longos cílios escuros, descendo pelos olhos avelã, produziam nas garotas.

Daniel sempre foi bonito. Cabelo castanho, muito claro e às vezes avermelhado ou acobreado, traços finos e bem definidos que se destacavam mais à medida que envelhecia. Olhos em um tom avelã claro, que, quando recebiam os raios do sol, ficavam ainda mais radiantes. Semelhantes a ouro derretido. Sem dúvida esse detalhe era o seu charme natural.

Ainda na adolescência, aprendera que a beleza ajudava a abrir portas, dentre outras coisas. Apesar de nunca ter conseguido dedicar seu tempo ou atenção a outra garota, exceto aquela que, com um simples sorriso tímido, conseguira dominar todas as ações dele. Justamente aquela por quem não pôde honrar o amor. Balançou a cabeça para expulsar os pensamentos. Aquele não era um bom momento.

– Então... Sr. Ferreira... é só chamar. – A garota saiu para providenciar o pedido, olhando para trás de tempos em tempos.

Aquele era o homem que poderia salvá-la de sua enfadonha vida em uma cidade pequena. A garçonete tinha sonhos e planos, e estes cabiam direitinho na esperança de encontrar um homem rico, bonito, gentil e que quisesse lhe dar muito mais do que uma gorjeta. Ela partiu para a cozinha com a cabeça cheia de ideias. Mal sabia a jovem que aquele não era o seu príncipe e muito menos a sua grande oportunidade.

Deixando de lado os devaneios da garçonete, enquanto a acompanhava com os olhos, a atenção de Daniel foi captada por uma bela jovem sentada em um banco próximo ao balcão. Ela o encarava. Não que isso fosse anormal para ele, mas existia algo naquela mulher que o prendeu. *Ela é... linda! Linda não. Chamá-la de linda seria uma ofensa a sua beleza. Ela é espetacular!*

Involuntariamente seus olhos percorreram o corpo glorioso daquela garota que ainda o olhava aturdida. Cabelos vermelhos num tom vibrante, ou melhor, pintados de vermelho, aliás, uma tintura que, apesar de desgastada, não diminuía em nada toda aquela beleza, os fios caindo em ondas até a cintura fina. Os lábios rosados, ligeiramente carnudos, estavam entreabertos, como se aguardassem o contato dos dele. Não podia enxergar a cor dos olhos, mas dava para ver que ela usava uma maquiagem carregada, e exagerada. Ainda assim era linda.

Maravilhosa!

A palavra ecoava em sua mente enquanto alguém abriu a porta da lanchonete, permitindo que o frio gélido invadisse o ambiente. A garota se encolheu, desviando o olhar do dele. Ela não usava casaco, somente uma camiseta fina, nada típico de alguém que conhecia a região.

Seus seios enrijeceram ao contato com o ar frio. Daniel deslumbrou-se com a visão. Sentiu a boca salivar e algo, no meio de suas pernas, demonstrou o quanto estava interessado naquela garota. Ela mais uma vez olhou na direção dele com olhos profundos que pareciam buscar respostas. Ele sabia exatamente que resposta gostaria de dar.

– Pelo amor de Deus, Daniel, lembre-se da sua promessa – censurou-se baixinho, segurando entre os dedos o pingente com a imagem de Nossa Senhora Aparecida, tentando não ultrapassar as barreiras impostas por ele mesmo. A peça era um lembrete de que devia e precisava manter-se longe de encrencas.

Há quanto tempo ele não transava? Seis meses? Estava a ponto de explodir, mas levaria em frente a promessa que tinha feito desde que havia conseguido colocar as coisas no lugar e se livrado de Raquel Magalhães.

Seu grande erro. Depois de tantos problemas, ele se perguntava como permitira que aquela situação chegasse tão longe. Raquel era linda, muito gostosa, como o próprio Daniel dizia, mas completamente louca. Tinha se permitido algumas noites de diversão e prazer ao lado dela, sabendo que nada além disso era do seu interesse, mas aparentemente a moça não pensava o mesmo.

Após alguns meses de noites esporádicas na companhia dela, Daniel não via problema algum em continuar usufruindo o que a moça lhe oferecia, afinal de contas, relacionamento sério estava fora de cogitação naquele momento da sua vida.

Raquel era muito boa de cama, "uma profissional", conforme ele que dizia aos amigos, motivo pelo qual ignorava todas as advertências recebidas sobre o relacionamento deles.

– É só sexo, e ela está ciente disso – repetia para os amigos.

– Raquel é chave de cadeia, Daniel. Ela vai dar um jeito de te prender, e aí será muito tarde para você voltar atrás.

Vítor, seu amigo de infância, companheiro de aventuras e detentor de todos os segredos de Daniel, tentava impedi-lo de continuar a relação. Ele sabia a posição que ocupava na vida de Daniel, e assim estava devidamente credenciado para alertá-lo, e quem sabe até persuadi-lo, a não se aventurar tanto com uma pessoa que todos sabiam exatamente o que desejava: status.

– Vítor, ela é a melhor transa que já tive nos últimos tempos. Não vou casar com a Raquel, muito menos me apaixonar. Está fora de cogitação qualquer envolvimento amoroso, o que não me impede de me divertir às vezes.

– Ela só está interessada em seu dinheiro, Daniel – comentou Gustavo, o outro amigo, que se juntara aos dois na faculdade e nunca mais conseguira desfazer a amizade, formando o "trio parada dura", como gostavam de brincar; ele apoiava a repreensão de Vítor.

– E eu só estou interessado em transar com ela. É uma troca. Não existe nada de ruim em dar um pouco de luxo a uma mulher enquanto ela me dá bastante prazer. Não se preocupem; eu sei o que estou fazendo.

Para seu azar, Daniel não sabia.

Então, uma noite em que ambos haviam bebido além da conta, Raquel fez de tudo para deixá-lo extremamente excitado. Ele estava louco para levá-la até uma cama e tirar dela o máximo de prazer possível, no entanto a garota estava fazendo jogo duro dentro do carro. Tinha se recusado a sair com o rapaz algumas vezes e, devido a insistência dele, entendeu que estava na hora certa de aplicar o golpe.

Naquela noite ela conseguiria tudo o que quisesse dele. Segura de que tinha agido do jeito certo, achava que Daniel estava em suas mãos. Enquanto ele tentava convencê-la a entrar no motel, ela demonstrava firmeza ao recusar. O rapaz insistia, sem se dar por vencido, afinal de contas, como eles já haviam transado inúmeras vezes, não existia motivo sério para a recusa.

– Não quero mais esta vida, Daniel – Raquel sussurrava como um lamento nos lábios cálidos do amante, enquanto massageava eroticamente, mesmo demonstrando fragilidade, o membro rígido.

– Eu lhe proporciono uma vida mais do que perfeita, Raquel. Qual homem faria o que faço? O que mais você quer de mim? – Daniel encontrava-se extremamente excitado, gemendo e beijando o pescoço da amante.

– Quero me casar com você. Quero ser só sua. – Ele riu daquelas palavras. Ela só podia estar brincando. Eles não eram sequer namorados, e Raquel sabia perfeitamente desse detalhe. O relacionamento entre ambos era apenas sexo. Nunca fora diferente.

Muito habilmente, Raquel abriu o zíper da calça do amante, passando a mão para dentro. Daniel gemeu mais alto, dando-lhe como certa a vitória. Precisava transar naquela noite, estava extremamente feliz e cansado, após uma longa reunião que tinha culminado em um acordo milionário. Não que precisasse de mais dinheiro, mas grana nunca era demais, pensava.

Desejava comemorar sua capacidade de convencer as pessoas a fazerem o que ele queria, e também fechar a sua noite com chave de ouro, com uma trepada que só a Raquel era capaz de lhe dar.

– Case comigo, Daniel! E prometo que todas as suas noites serão repletas de muito sexo gostoso.

– Eu caso.

O rapaz não fazia ideia da enrascada em que estava se metendo. Por um tempo acreditou que eles estivessem bêbados o suficiente para toparem qualquer loucura, porém não para achar que poderiam transformá-la em realidade. Estava convencido de que Raquel brincava, jogando com a sensualidade, apenas para apimentar mais o que viria. Somente por esse motivo aceitou a proposta, pois, dando a ela o que queria, alcançaria seu objetivo.

– Agora cale a boca e comece a trabalhar.

Raquel lhe deu a melhor noite da vida. Não poupou esforços, e Daniel nunca sentiu tanto prazer. No final, já estava acabado de cansaço e ansioso por sua cama. Sozinho. Deixou Raquel em casa com a promessa de sempre: ele ligaria. E foi embora, louco para poder dormir sossegado.

No dia seguinte o inferno se instalou em sua vida.

Daniel tinha reunião com a sua equipe para discutirem o novo contrato. Foi cedo à empresa e imediatamente se empenhou em organizar toda a papelada necessária, como de hábito. Era o tipo de pessoa que não deixava nada de fora. Gostava de assumir o controle total da situação, de entender todos os assuntos e saber os mínimos detalhes, razão pela qual talvez tivesse crescido e se destacado profissionalmente ainda muito jovem.

No meio da tarde, recebeu a ligação que desencadeou todos os seus problemas. Daniel não sabia, mas a sua vida se tornaria um inferno.

– Sr. Ferreira? – uma voz educada e doce falava do outro lado da linha.

Segundo Milena, sua secretária, a ligação era do Cerimonial Rozete. Normalmente a sua família utilizava os serviços deles, contudo nunca ficou a cabo de Daniel qualquer providência relacionada a tais atividades. Não entendia o motivo da ligação, mas, mesmo ocupado, não se negou a atendê-los.

– Sim.

– Aqui é do Cerimonial Rozete.

– Sim.

– Antes de qualquer coisa, gostaria de parabenizá-lo pelo casamento. Ficamos felizes em poder realizar mais este evento para a sua família. São muitos anos…

– Espere um pouco. Casamento? Você falou casamento? – Daniel percebeu que a mulher do outro lado da linha tinha ficado sem saber o que dizer.

– É o Sr. Daniel Ferreira, certo?

– Sim, sou eu.

Daniel não imaginava que atender a um simples telefonema iria lhe acarretar tantos problemas. Definitivamente não estava pronto para o que viria. Embora precisasse se dedicar o máximo possível à análise dos papéis a sua frente, sentia-se curioso e com uma leve impressão de que alguma coisa estava fora do lugar.

Adotou uma postura mais defensiva, erguendo o corpo, deixando a coluna ereta, apoiando um braço sobre a mesa. Toda a sua atenção voltada para a mulher do outro lado da linha.

– Estou aqui com a Srta. Raquel Magalhães, sua noiva – ela explicou, parecendo ainda mais constrangida ao fornecer aquela informação. Daniel hesitava em acreditar no que ouvia. Confuso, levantou-se olhando ao redor sem saber ao certo o que fazer.

– Estou ligando para confirmar a autorização de venda, já que nenhum dos Ferreiras acompanhou a Srta. Magalhães. Nós precisamos do número do cartão de crédito...

– Raquel está aí?

– Bem... sim. Ela está nos contratando para a realização da festa de casamento de vocês dois.

– O quê? – Sentiu sua cabeça latejar e apertou os olhos imaginando tratar-se de um pesadelo.

Passou a mão na testa, como se tal gesto pudesse ajudá-lo a colocar os pensamentos em ordem. Estava tenso, confuso e, acima de tudo, pasmo. Raquel só podia ter enlouquecido, e Daniel não tinha tempo para corrigir a loucura dela.

– O casamento, Sr. Ferreira. Ela está aqui...

– Eu entendi – afirmou bruscamente, descarregando a sua raiva na mulher, mas parou alguns segundos tentando recuperar o equilíbrio, afinal de contas a funcionária não tinha culpa das sandices da Raquel. – Deve estar havendo algum mal-entendido. Por favor, diga à Srta. Magalhães que vá para casa que eu entrarei em contato em breve.

– Mas, Sr. Ferreira, estamos com o contrato pronto; ela escolheu o melhor de tudo o que temos a oferecer. Vamos realizar uma festa linda, da melhor qualidade. Não vejo por que...

– Você não está entendendo – cerrou os dentes com raiva. – Não vai haver casamento algum.

A mulher calou-se do outro lado da linha. O silêncio entre os três era constrangedor.

– A Srta. Magalhães deseja falar com o senhor.

Daniel não teve sequer tempo de negar, pois Raquel já estava na linha. Pela primeira vez, desde que começaram a sair, ele sentiu repulsa pela voz da garota.

– Daniel? Qual o problema? Você quer que eu leve uma relação do que escolhi para que dê algum palpite?

Ela agia como se não houvesse nenhum equívoco. Estava certa de que tinha conseguido fisgar o rapaz e não queria perder tempo dando a ele a possibilidade de pensar no caso. Sabia que, na sua situação, quanto mais confuso ele ficasse, mais facilmente ela conseguiria concretizar todos os seus planos.

– Raquel, o que pensa que está fazendo? – Daniel não conseguia conter a raiva; ela estava fazendo-o perder uma parte preciosa do tempo.

– Organizando o nosso casamento.

– Que casamento? – gritou impaciente. *Só pode ser uma brincadeira de mau gosto*, pensou, reagrupando os pensamentos. Raquel não podia ser tão estúpida.

– O nosso! – Raquel tentou conter a raiva. Não podia deixar que a funcionária do cerimonial percebesse aquela situação embaraçosa.

Ela sabia que Daniel seria difícil, mas contava com o bom senso dele e, acima de tudo, com sua fama de ser um homem de palavra. Ele havia dito que sim, então teria de ir até o final. O que estava em jogo não era somente a sua vida de solteiro, mas também a sua carreira, o seu nome, a confiança de todos em sua maturidade e, o mais importante de tudo, o nome da sua família.

Raquel não tinha deixado passar nenhum detalhe. Sabia que os pais de Daniel considerariam um absurdo que ele tivesse prometido casamento a uma garota e depois a fizesse passar por uma situação tão embaraçosa. Por esse motivo ela procurara o Cerimonial Rozete. Era do seu conhecimento que a família dele deixava a cargo daquela empresa todas as festas e reuniões. Confiavam na qualidade do seu serviço. Então todos eles rapidamente saberiam que o filho amado e responsável era na verdade um garoto que curtia a vida sem se importar com as consequências.

– Você só pode ter enlouquecido. Eu não... Nós não vamos nos casar, Raquel.

– O quê?

– Raquel vá para casa; mais tarde eu te procuro, ok?

Desligou o telefone querendo, assim, não ter tempo para tempo de iniciar uma discussão. Precisava manter a atenção no seu trabalho antes que fosse tarde demais. Ainda muito irritado, checou a hora, tomando consciência de que tinha perdido tempo demais. Juntou o que achou necessário e chamou a sua secretária para que tudo fosse levado até a sala de reuniões.

Continuou tentando controlar a raiva para que não atrapalhasse o desempenho profissional dele. Não podia deixar que as insanidades da Raquel o perturbassem a ponto de interferir no seu trabalho. O que aconteceria naquela tarde seria de suma importância para o futuro da empresa

Estava orgulhoso de si próprio. Tinha conquistado a melhor conta que uma empresa de publicidade poderia desejar. Teria mais trabalho, talvez abrisse novas vagas para não sobrecarregar ninguém. Talvez também fosse a hora de escolher uma nova amante. Sacudiu a cabeça tentando desanuviar os pensamentos, ainda apreensivo com a situação.

Mais tarde daria um jeito em Raquel. Era hora de colocar um ponto final naquela história.

Tomou um rápido gole de uísque e saiu para dar início à reunião. Vítor e Gustavo, assim como toda a equipe de marketing e publicidade, já o aguardavam. Em pouco tempo todos estavam envolvidos com o projeto, discutindo animadamente suas ideias.

Foi quando Daniel percebeu a gritaria do lado de fora da sala. Todos se olharam sem entender aquilo. Uma ameaça? Um assalto? O que poderia ser? Daniel pediu a seus funcionários que permanecessem sentados.

– Eu vou entrar e não me importa o que você acha – Daniel imediatamente identificou a voz de Raquel. Ele iria matá-la. A fúria o atingiu como um raio.

– A senhorita não pode entrar. Ele está em reunião. Eu vou chamar os seguranças – Ludimila, a outra secretária, tentava detê-la.

– Chame até o papa se quiser.

Raquel abriu a porta da sala com um olhar diabólico que imediatamente se cravou em Daniel. Enfurecida. Alucinada. Transtornada como nunca antes.

– Seu filho da puta!

Então avançou em Daniel, dando-lhe uma bofetada. O rapaz, pego de surpresa, não teve como se desvencilhar, muito menos pôde pensar em se defender da agressão. Recebeu o tapa que lhe virou o rosto devido à força. Fechou os olhos para conter a raiva quando Gustavo a enlaçou pela cintura, tirando-a da mira dele.

Vermelho de raiva, Daniel com certeza revidaria o tapa recebido se seu amigo não interviesse. Foi muita sorte de Raquel não estar ao seu alcance naquele momento. Ele sempre foi um homem respeitador. Estava fora de qualquer possibilidade agredir uma mulher, no entanto, dominado pela raiva e cego pela situação, não pensava em outra coisa que não fosse matá-la.

– Calma aí, garota! Este é um ambiente privado e você não tem o direito de estar aqui – Gustavo se esforçava para desviar a atenção de Raquel, que, enfurecida, tentava alcançar Daniel.

– Eu posso estar onde quiser – debateu-se desafiadoramente nos braços de Gustavo. – Seu desgraçado! – Raquel voltou a sua atenção para Daniel novamente. Ela queria destruí-lo. Tornar a sua vida o mais difícil possível. – Quem você pensa que é para me fazer passar por uma humilhação dessas?

– Foi você quem procurou isso.

Daniel tentava se recompor. Era fundamental que administrasse toda a situação friamente. Não apenas por ele mesmo, mas também pelos funcionários e por Raquel. Caso ele se deixasse abater, seja pela pena, seja pelo ódio, a garota ganharia espaço e a confusão se prolongaria.

Não queria isso. Precisava da sua equipe concentrada e, acima de tudo, precisava manter a sua imagem, transmitindo segurança para todos. Uma louca invadindo a reunião e esbravejando contra ele não era de grande ajuda.

– Vá embora, Raquel, ou vai passar por mais uma, ao ser jogada na rua pelos seguranças.

Daniel andou pela sala, ignorando a garota. Seu único desejo era que ela fosse embora. E ainda precisaria arranjar uma desculpa convincente para fazer todos esquecerem o incidente e novamente se concentrarem no trabalho. Tinha certeza de que durante muitos dias seria motivo de fofoca na empresa.

– Você disse que casaria.

Raquel, com olhos marejados, tentava reverter a situação a seu favor. Se não ficaria com Daniel, então jogaria contra ele. Teria de fazer as pessoas acreditarem que ela fora iludida. Que Daniel havia brincado com os seus sentimentos, como um perfeito canalha. Quem sabe não conseguiria uma boa indenização pela humilhação que estava passando?

– Eu estava brincando e achei que você também estivesse. Pensei que era um jogo, uma brincadeira... Sei lá. Não achei que fosse sério, que você acreditaria... Mesmo que fosse verdade, Raquel, você deveria ter conversado comigo antes, em vez de sair por aí como uma desesperada tentando organizar um casamento.

– Pra quê? Para você me dizer o que está dizendo agora? Para deixar claro que só queria me levar para a cama? Você é um monstro, Daniel!

Ele olhou constrangido para os funcionários, que assistiam em todos os detalhes ao que estava acontecendo. Graças a Deus, Vítor tomou a iniciativa de pedir a todos que se retirassem. As pessoas, mesmo demonstrando interesse na confusão, deixaram a sala, ficando apenas

Raquel e Daniel, além de Gustavo e Vítor, que fizeram questão de permanecer para ajudar como pudessem.

– Raquel, eu nunca te enganei. Sempre fui sincero. Não me casaria com você e não há novidade nenhuma nisso – estava indignado com a situação.

Daniel nunca havia permitido que sua vida pessoal interferisse na profissional. Sempre fora muito discreto. Nunca se relacionara com ninguém da empresa ou de qualquer outra com a qual tivesse algum vínculo de negócios. Separava muito bem o que deveria acontecer da porta da empresa para fora e da porta para dentro. Uma coisa nunca havia se misturado à outra.

Naquele momento, Raquel estava jogando a reputação dele no lixo. Justo ela, que tinha conseguido mais de Daniel do que qualquer outra. Tudo bem que nunca havia passado de sexo. Um jantar ou outro em ocasiões especiais, mas no geral era sexo e apenas sexo. O que ela esperava?

– Quando você queria transar, prometia tudo o que nunca pretendeu me dar. Por quê, Daniel? Apenas por prazer? Por acaso eu sou alguma prostituta que se contenta com migalhas?

Raquel pegou os papéis que estavam sobre mesa e os atirou no chão. Vítor se movimentou pronto para segurá-la, no entanto ela recuou. O rapaz olhou apreensivo para o amigo, que se mantinha de pé, encarando a amante, os olhos irradiando puro ódio.

Raquel não estava magoada ou sofrendo de amor. Ela se sentia apavorada por não ter sido bem-sucedida no golpe que há muito vinha planejando. Daniel tinha desestruturado o seu futuro, e ela precisava urgentemente de uma desculpa para fazê-lo voltar atrás.

– Nunca foi diferente. Você sempre soube que era só sexo. Não se faça de santa, Raquel! Qual é o seu problema? Vai tentar dar um golpe para cima de mim? Realmente acreditou que eu cairia? Não é possível. Eu duvido que tenha sido idiota a esse ponto. Qual é o seu jogo, heim?

– Eu vou acabar com você, Daniel Ferreira!

Raquel avançou, mas foi contida por Gustavo. Ela estava furiosa. Não apenas pelo fim dos seus planos, também pela humilhação. Por enxergar nos olhos de Daniel que ele sabia de tudo, sempre soubera, e mesmo assim se divertiu com ela, deixou que fosse mais longe, que executasse o plano. Ele não se livraria tão fácil assim.

– Calma, Raquel – Gustavo a alertou. – Vamos conversar civilizadamente. Daniel, pega leve, tá legal? A garota está nervosa e você não está ajudando em nada.

– É. E você sabia muito bem no que estava se metendo quando começou a sair com esta louca – Vítor estava alterado. Ele também se incomodava pela interrupção da reunião em um momento tão importante para a empresa, além do fato de saber que Raquel não seria um problema só naquele momento. Ela era o tipo de garota que sabia muito bem como infernizar a vida de alguém. Daniel tinha se arriscado demais.

– Vocês dois sabiam no que estavam se metendo. Raquel, você não pode entrar aqui fazendo este escândalo. Daniel nunca a enganou. O mesmo vale para você, Daniel. Nós avisamos, e não foi uma única vez. Agora já chega. Os dois são adultos e responsáveis. Este não é o local ideal e muito menos a hora certa para discutir problemas pessoais.

Daniel recuou com as palavras do amigo. Eles tinham mesmo tentado alertá-lo, mas ele acreditava estar com tudo sob controle. Achava que Raquel não poderia exigir dele mais do que já tinha. Quando decidiu participar do jogo dela, não imaginou que talvez fosse destrutivo. Era melhor amenizar a situação. Sabia que Raquel não queria amor. Não. Amor estava muito longe das suas expectativas. Ela queria status, dinheiro e segurança.

– Raquel, você não me ama. Vamos ser justos e claros. Eu quero acabar logo com isso, então, por favor, colabore comigo. É dinheiro o que você quer? Diga quanto e depois desapareça da minha frente e da minha vida. Será um preço justo para que eu possa ter minha paz de volta.

Daniel pegou a carteira do bolso de trás da calça, abrindo-a para retirar o talão de cheques. Sem querer deu a Raquel a carta de que ela precisava para destruir a sua vida. Ela nunca mais lhe daria sossego.

– Não quero o seu dinheiro, Daniel. Não mais. Agora é uma questão de honra.

Daniel riu alto.

– Que honra, Raquel?

A garota mais uma vez avançou em sua direção, mas Gustavo e Vítor conseguiram detê-la. Era hora de pôr um fim àquela situação. O melhor a fazer era tirá-la dali. Depois os dois, com mais calma, ou não, poderiam resolver seus problemas. Não era justo a empresa pagar pela irresponsabilidade de Daniel.

– Eu vou destruir você – Raquel prometeu antes de ser levada.

Gustavo arrastou a moça até o elevador, onde encontrou dois seguranças já a postos, acionados por Milena, antes mesmo que alguém solicitasse. Raquel não mais se debatia. Estava quieta, pensativa, como se já estivesse planejando seu próximo passo para atingir Daniel. Entrou no elevador sem precisar sem convidada e, antes de as portas fecharem, lançou um sorriso diabólico que causou arrepios em Gustavo.

Daniel estremeceu com as últimas palavras de Raquel. Sabia que ela poderia ser difícil, só não imaginava o quanto. Preferiu nem levar em consideração, afinal, de que forma uma comissária de bordo conseguiria acabar com a vida de um empresário bem-sucedido? O mais novo presidente de uma das divisões do grupo empresarial do seu pai? Não. Ela não teria forças para destruí-lo. Na verdade, ele acreditava que ela nem conseguiria balançá-lo.

Estava completamente enganado.

Após esse dia fatídico, a vida de Daniel se transformou num caos. Raquel o perseguia incansavelmente. Conseguia se infiltrar e chegar a ele de formas inacreditáveis. Constantemente o nome de Daniel estava envolvido em um novo escândalo. E isso desagradou a todos, inclusive a seu pai, o Sr. Murilo Ferreira, conhecido por sua simplicidade, honestidade e caridade, o qual também mantinha um controle férreo sobre tudo, incluindo as aventuras do filho irresponsável.

Raquel estava cumprindo o prometido. Representava perfeitamente bem o papel de ex-namorada usada e humilhada. A garota rejeitada que não se conformava nem aceitava o fim. Todos os tipos de acordos foram tentados. Daniel procurava desesperadamente abafar os escândalos, mas nem sempre era possível. Sua ex-amante não recuaria com tanta facilidade.

A vida dele virou um inferno.

Não podia mais sair. Ir a um restaurante ou a um bar com os amigos era uma missão quase impossível. Raquel poderia descobrir onde ele estava e aprontar mais um escândalo. Isso era algo de que ele não precisava, principalmente depois de o pai ameaçar destituí-lo do cargo de presidente. Não podia mais arriscar.

Assim, a vida dele passou a ser governada pela loucura daquela mulher. Na empresa ela não entrava mais, todos os seguranças estavam avisados, mas em qualquer outro lugar havia sempre a possibilidade de mais constrangimento e irritação.

Até os negócios de Daniel ela conseguia atrapalhar. Raquel era comissária de bordo, como já revelado anteriormente, no entanto esse detalhe, que antes favorecia os encontros dos dois, tornou-se um incômodo. A empresa em que a moça trabalhava tinha um contrato de exclusividade com as empresas do grupo pertencente à família de Daniel, ou seja, todas as viagens eram realizadas pela mesma companhia aérea.

Assim, sempre que Daniel precisava viajar para alguma reunião de negócios, ela descobria o voo e dava um jeito de lembrá-lo de que iria manter a promessa. Isso quando não estava lá pessoalmente para aterrorizá-lo. Claro que não fazia escândalos no ambiente de trabalho; era esperta demais para se arriscar tanto, mas o rapaz não se atrevia a pedir nem um copo com água, receando o que poderia acontecer. Após tantas ameaças, ele passou a ter medo de que a louca da Raquel resolvesse derrubar o avião, só para acabar com a vida dele.

Após três meses de aborrecimentos e ameaças vindas de todos os lados, não apenas de Raquel, mas do pai dele, que não suportava mais os transtornos causados pela incapacidade do filho em resolver a situação com a moça, um Daniel desesperado fez uma promessa à Nossa Senhora depois de ter recebido uma medalha de presente.

O rapaz prometeu que, se conseguisse se livrar dos desvarios de Raquel, nunca mais se envolveria com uma mulher só por prazer, nem deixaria que qualquer mulher entrasse em sua vida se não fosse uma relação no mínimo equilibrada, que envolvesse um sentimento verdadeiro.

O milagre solicitado começou a acontecer no mesmo dia. Pelo visto, era da vontade de Deus e de Nossa Senhora que Daniel tivesse um pouco mais de respeito pelos sentimentos dos outros, ou até mesmo que ele de fato se envolvesse seriamente com alguém e não mais quisesse apenas se divertir uma noite ou outra com mulheres de caráter duvidoso.

Daniel desde então cumpria a sua promessa com fervor. O pai dele, Murilo Ferreira, conseguiu resolver parte do problema. Como amigo pessoal do dono da empresa aérea em questão, decidiu utilizar esse trunfo para ajudar o filho. Então se dispôs a pedir um favor ao amigo, contra a sua vontade, já que ele mesmo havia advertido o filho sobre o perigo de tantas aventuras.

Acabou conseguindo que Raquel tirasse férias e que, quando retornasse, fosse transferida para o Alaska. Sim. O Alaska. A empresa era grande. Do tamanho ideal para realizar as viagens internacionais de que o grupo precisava, por isso ganhou a concorrência.

Murilo não achava justo o seu pedido, mas Daniel estava começando a ter problemas sérios e, se ele não interferisse, Raquel conseguiria cumprir a promessa de destruí-lo.

Inclusive já tinha conseguido que ele perdesse um contrato importante ao abordá-lo na rua e tomar das mãos dele uma campanha, jogando os papéis no chafariz em frente à empresa. Nesse dia, Daniel perdeu o controle e tentou estrangular a garota, o que lhe rendeu um B.O. e muita repreensão do pai. Além da perda do contrato, obviamente.

Murilo prometeu a Daniel que ele pessoalmente iria fiscalizar a vida pessoal e sexual do filho. O rapaz, apesar de constrangido, aceitou a intromissão do pai.

Por causa disso estava sozinho naquela cidadezinha, e pelo mesmo motivo teria de dirigir até o Rio de Janeiro, para mais uma reunião que lhe renderia um belo contrato. Ao menos de carro teria sossego e não precisaria se preocupar com outra armação da Raquel. A não ser que ela fosse louca o suficiente para estar na mesma estrada que ele. Daniel estremeceu ao pensar nessa possibilidade.

Levantou os olhos na direção da linda garota que o olhava de maneira tão perturbadora; para sua decepção, ela não estava mais lá. Tinha desaparecido. Evaporado. Virado chuva como a que castigava a vidraça do lado de fora.

– Melhor assim – resmungou. – Não posso permitir que outra mulher entre na minha vida e me traga mais problemas.

Após um tempo, pagou a conta e voltou para o frio congelante daquele lugar. Correu até o seu carro. Já sentado, protegido da sensação térmica que o fazia tremer, rapidamente deu partida. Manobrou e colocou o veículo na estrada. Queria deixar aquela cidade para trás. No passado.

Mesmo ciente dos seus inúmeros problemas e dos outros tantos que poderiam surgir caso quebrasse a sua promessa, Daniel não conseguia parar de pensar na linda mulher da lanchonete. Sem dúvida, poderosa, e algo nela havia conseguido atraí-lo. Incapaz de expulsá-la dos pensamentos, pegou a estrada, empurrando a garota para um canto remoto junto com todas as suas recordações.

Capítulo 2

A chuva grossa começou a cair com mais força poucos minutos depois de Daniel alcançar a estrada, impedindo-o de dirigir em alta velocidade, como sempre fazia. Tinha pressa de chegar a Canela. Precisava dormir. Havia passado o dia em reunião com uma empresa tentando fechar um contrato que o ajudaria a alcançar os mesmos patamares de antes da intromissão de Raquel em seus negócios.

Com a velocidade reduzida, Daniel conseguia dirigir observando a paisagem bucólica ao redor. Árvores e mais árvores, uma atrás da outra. Cenário melancólico. Lembrou que costumava fazer uma longa caminhada por entre elas, só para estar com aquela garota, a do seu passado, a sua namoradinha, a menina mais incrível que conhecera em toda a sua vida.

Sua infância tinha sido maravilhosa! Infelizmente não voltaria mais. Nunca mais. Ele sorriu com pesar ao se lembrar da garota. As lembranças se perdiam com o tempo, impossibilitando-o de guardar os detalhes, no entanto ainda conseguia se recordar dela. Os cabelos, lisos e loiros, na altura dos ombros, como uma boneca. O corpo magro, perfeito, os lábios rosados e carnudos. Ele a adorava!

Apesar de absorto em seus pensamentos, notou uma figura andando pela estrada em meio à chuva. Surpreendeu-se. Como alguém poderia estar no meio daquele temporal, caminhando em direção ao nada? Antes que a ultrapassasse, a pessoa virou em direção ao carro, ficando no foco dos faróis, e fez sinal de carona. Daniel não acreditou. A mulher da lanchonete estava pedindo-lhe carona.

– Deus só pode estar me testando – resmungou enquanto tomava a decisão de parar. – Só posso estar ficando maluco – repreendeu-se sem desviar um segundo sequer da sua decisão.

Parou o carro, desceu um pouco o vidro do carona e olhou atentamente para a garota molhada. Ela correu em sua direção, olhando pelo espaço mínimo do vidro aberto.

– Daniel! – exclamou surpresa demais para se conter.

– Você me conhece? – intrigou-se com o fato de ela saber o seu nome, depois lembrou que o tinha dito para a garçonete, e então relaxou.

– Não está me reconhecendo? – a garota indagou, ainda confusa. O rosto molhado demonstrou profunda tristeza, imediatamente disfarçada por uma máscara perfeita e carregada de maquiagem.

– Estou. Você é a garota que estava lá na lanchonete. – Ela desviou o olhar de volta para a chuva. – Entre, não fique aí parada.

A garota pareceu hesitar, então abriu a porta do carro e entrou.

Daniel não pôde evitar admirá-la. Os cabelos vermelhos, longos e molhados, formavam uma cortina que encobria parcialmente o rosto perfeito e angelical. Os lábios estavam levemente arroxeados pelo frio, e a pele, arrepiada.

Imaginou como seria ver aquele corpo todo arrepiado, sucumbido pelo prazer que ele seria capaz de lhe proporcionar. Sentiu seu corpo reagir aos pensamentos. Principalmente quando reconheceu os seios outra vez rígidos pelo frio. *Só pode ser um teste,* e rapidamente tratou de pensar em algo que desviasse a sua atenção. *Lingerie bege,* pensou com ironia. *Isso sim é "intesível".*

Imaginou a garota vestida com uma grande e sem graça lingerie bege. Não conseguiu evitar o riso. Seus dedos percorreram a corrente de ouro com a medalha de Nossa Senhora.

– O que foi?

A garota ficou constrangida, afinal de contas tinha apenas entrado no carro e nem havia se acidentado no percurso, como normalmente acontecia devido à sua falta de direção e coordenação. Ela era um desastre.

– Nada. Você está encharcada. – Retirou o casaco grosso que usava passando-o para ela. – Vista isso; vai se aquecer mais rápido. – Para não correr o risco de se perder em devaneios novamente, desviou o olhar concentrando-se em colocar o carro na estrada. – Eu sou Daniel Ferreira, mas você já sabe disso – sorriu de maneira perfeita, ciente do efeito devastador de seu sorriso sobre as mulheres. Se não podia ter a garota, nada o impedia de provocá-la um pouco. Ao menos saberia que, quando pudesse, conseguiria quem quisesse. Ou não.

A mulher permaneceu calada observando-o. Os olhos eram lindos, como tudo nela. Verdes. Um tom muito claro, contudo ele não deixou de perceber que ela usava lentes de contato. Não que estivesse mudando de uma cor escura para uma mais clara. Com certeza não era isso. As lentes alteravam a essência da cor real. Era um verde bem claro, quase cinza, como o início de um dia chuvoso e frio. Combinava perfeitamente bem com sua aparência. Fria, conforme Daniel constatou.

– Não vai me dizer seu nome?

Na tentativa de desviar os pensamentos que insistiam em distraí-lo, manteve os olhos fixos no asfalto molhado. Precisa prestar mais atenção nele do que na mulher a seu lado, que cheirava à fruta madura, molhada, pronta para ser arrancada do galho e degustada. *Droga!* Era melhor pensar em outra coisa.

– Para que você quer saber? – assumiu uma posição defensiva.

Daniel não entendeu o motivo dessa atitude.

– Primeiro porque, como estou te dando carona sem conhecê-la, acredito que no mínimo poderia dizer o seu nome, já que não tenho como saber se é uma psicopata – rebateu prontamente. Estava acostumado a intimidar as pessoas, e com ela não seria diferente.

– Saber o meu nome não impediria nada.

Ela é louca? Daniel surpreendeu-se com a defesa da garota.

Que mal havia em lhe dizer o nome? Todas as pessoas se apresentavam, apertavam as mãos, principalmente se estivessem em uma carona. *Só se ela fosse...* Olhou-a apreensivo. *Não. Com certeza não. Deve ser só uma louca mesmo.*

– Não mesmo. Mas estou aceitando ter você em meu carro e te tirei dessa chuva terrível. Seja no mínimo educada com o seu benfeitor.

Ela riu. Uma risada infantil e gostosa. Daniel não conseguiu evitar sorrir de volta.

– Gabriela. – Especulou a reação dele, analisando-lhe atentamente o rosto.

Daniel sentiu seus músculos retesarem.

– Gabriela?

– Cravo – acrescentou fazendo-o rir alto.

– Ok, Gabriela Cravo, como no livro?

– Não sei – Gabriela ficou tensa. – Não costumo ler muito.

– Eu leio muito, especialmente esse livro, sempre estou de volta a ele. Tenho uma história com ele – acrescentou com tristeza.

Sabia aonde aquele assunto o levaria e tentava evitar as lembranças. Gabriela nada acrescentou.

– O que faz nesta cidade?

– Turismo.

Daniel riu com vontade. Sabia que a garota estava se esquivando de suas perguntas, sempre com afirmações absurdas, como o seu nome e o motivo de estar naquele local.

– Turismo? Aqui?

– Sim – ela lhe deu um sorriso angelical e inocente. – Uma amiga me disse que aqui fazia um frio do inferno. Fiquei curiosa. Se o inferno é quente, como algum lugar pode fazer um frio do inferno?

Daniel percebeu que ela não queria falar sobre a sua vida, mesmo assim riu da ironia da garota.

De uma forma estranha, ele não conseguia se intimidar com a estranha em seu carro. Pelo contrário. Gabriela, mesmo sendo uma perfeita desconhecida que se recusava a lhe fornecer informações verdadeiras, deixava Daniel confortável, ainda que temeroso, visto que ela demonstrava ter sérios problemas de humor e personalidade.

– É verdade. Pensando por esse ângulo, realmente dá vontade de conhecer este fim de mundo. – Encarou a chuva e decidiu que deveria sondá-la mais um pouco. – Eu pensei que fosse da região.

Ela mais uma vez ficou tensa.

– Não. Sou do Rio de Janeiro.

– Rio de Janeiro? – fitou-a rapidamente analisando seu físico. – Você não parece carioca. Eu diria que é uma legítima filha do sul. Sua pele é muito branca.

– Bom, mas é verdade. Se não acredita, não posso fazer nada – deu de ombros.

Daniel desistiu de tentar desvendar aquela estranha garota.

– E para onde estou te levando?

– Estou tentando chegar a alguma cidade de onde possa seguir para o Rio. Você não precisa se desviar do seu destino. Pode me deixar em qualquer lugar que facilite a minha volta. – Estranhamente ela parecia não se importar com o que lhe aconteceria.

– E por que estava andando sozinha a esta hora, e na chuva?

Gabriela ficou constrangida. Visivelmente constrangida.

– Estava tentando pegar carona, mas começou a chover e as pessoas pareciam não me enxergar.

– Gabriela... – Daniel ficou preocupado. Não deveria, mas ficou –, por que não pegou um ônibus, como todas as pessoas normais? É perigoso andar de carona nos dias de hoje. Seria muito fácil alguém te fazer mal e te largar no meio dessa floresta tão densa. Dificilmente seu corpo seria encontrado – seu tom era de reprovação.

Gabriela foi ficando cada vez mais envergonhada. De repente ela levantou o queixo como se quisesse desafiar Daniel com suas palavras:

– Tenho os meus motivos e imagino não sejam da sua conta.

A resposta pegou Daniel de surpresa. Ele não esperava aquela reação, principalmente por estar coberto de razão. Gabriela só podia ser maluca mesmo preferindo se colocar em risco a ser advertida. Ele estreitou os olhos, ofendido.

– Tenho que saber a quem estou ajudando e o porquê. Você pode ser uma louca, uma ladra, uma fugitiva... – deixou que sua indignação extravasasse em palavras. Ela não podia ser idiota a ponto de confrontar a única pessoa que lhe oferecera ajuda.

– Se é o que pensa, por que me deu carona?

Gabriela também estava sobressaltada. Daniel a confundia e irritava. Ela não entendia o motivo de ele agir como se fosse o seu responsável legal. Chegava a ser uma afronta se achar no direito de repreendê-la depois de tudo o que já tinha vivido. Ele definitivamente não a conhecia.

– Não sei – o rapaz respondeu friamente. Estava decidido a encerrar a conversa e deixar a estranha na parada mais próxima.

– Pode me deixar aqui mesmo, Sr. Daniel Ferreira, pois não sou nada disso que está falando. Além do mais, o que impede que você seja um psicopata, estuprador, assassino e um monte de outras coisas? Eu também não te conheço. Posso duvidar da sua boa vontade, da sua carinha de anjo e do seu papo paternal de quem quer proteger a coitada desprovida de segurança. Corta essa! Já sou bem crescidinha. Sei me cuidar. Pare o carro que vou descer.

– Está chovendo! – advertiu impaciente.

– Não me importo. Pare. Estou com medo de você, Daniel. Vai que é um estuprador – sorriu com ironia.

Daniel ficou confuso. O que ela queria? Brincar?

– Mas você me pediu carona, o que me dá todo o direito de ser, se foi você quem pediu para estar aqui.

O rapaz fitou Gabriela demoradamente, ciente de que a estrada estava escorregadia e perigosa, mas não conseguia desviar a atenção da mulher, já vermelha como um tomate, além de muito irritada, o que a deixava ainda mais linda e excitante, com os lábios tão saborosos voltando ao tom rosado. Contudo, a estranha ficou calada, perdida em pensamentos, o semblante confuso, cansado e contrariado.

– Certo. Então era isso. Eu sabia – bateu as mãos nas coxas e falou sobressaltada virando-se para o rapaz que se assustou.

– Do que você está falando?

– Você só me ofereceu carona porque queria transar comigo.

A princípio Daniel ficou calado, encarando aqueles olhos claros naquele rosto infantil, enquanto absorvia as palavras, depois riu alto, voltando a olhar a estrada. No fundo, sentia-se constrangido com a revelação. Ele queria realmente transar com aquela mulher estranha e misteriosa. Queria muito, mas não podia. Além do mais, ela já demonstrava ser maluca, e de loucas ele já estava saturado e queria distância.

– Você se acha mesmo irresistível, não é? – ele desdenhou das palavras dela como para encobrir suas intenções, ou o que seriam suas intenções se não estivesse impedido por uma promessa.

– Eu percebi, Daniel. A forma como me olhou lá na lanchonete. Praticamente me devorou com os olhos. Duvido muito que daria carona a qualquer desconhecido. Você só parou porque viu que era eu na chuva, desesperada por abrigo e proteção – seu sorriso era travesso e tentador. A mistura exata para desorientar um homem como Daniel Ferreira.

– Você é mais doida do que eu pensava. – Balançou a cabeça para expulsar os pensamentos e passou as mãos nos cabelos perfeitamente desarrumados. Ele estava nervoso e excitado. Aquela garota seria a sua desgraça.

– Pode desistir – ela voltou-se para a estrada sem olhar para o motorista, cruzando os braços na frente do peito e assumindo uma expressão determinada. – Eu nunca transaria com você – riu cinicamente.

– Duvido muito – ele retrucou no mesmo tom cínico que Gabriela tinha usado. – Eu também percebi seu olhar para mim lá na lanchonete – rebateu tentando intimidar ou desafiar a garota.

Gabriela se incomodou com a sua revelação. *Ele percebeu*, pensou ela com esperança e receio. Rapidamente se recompôs.

– Somos incompatíveis – continuou sem se deixar intimidar.

– Sem sombra de dúvidas – ele riu debochado, o que a deixou ainda mais irritada.

– Eu falo em todos os aspectos, inclusive o físico – encarou o motorista e arqueou uma sobrancelha.

– Como assim?

– Somos fisicamente incompatíveis. Veja, você é enorme – enfatizou sem demonstrar vergonha –, enquanto eu sou pequena, delicada... Incompatíveis. Entendeu?

Daniel sorriu maliciosamente. Ela era mesmo pequena e delicada, mas com certeza não eram incompatíveis nesse aspecto, afinal de contas, o rapaz já tivera experiências semelhantes e sabia que no final tudo dava certo.

Achou graça dos argumentos da moça. Ela não era nenhuma menininha inocente, muito pelo contrário. Pela sua ousadia e modo de agir, parecia ser bem experiente.

– Está com medo? – brincou. Gostava da forma como ela o forçava a querer romper suas barreiras.

– Claro que estou. Eu sou pequenina, tenho medo do estrago que seu... Will... – começou a rir.

– Will?

– Sim. Will. É um ótimo nome para dar ao seu... Você sabe... Will – continuou rindo.

– Vamos parar por aí. Até apelido eu já tenho? Que coisa mais ridícula!

Daniel não estava gostando nada do rumo da conversa e indignou-se com um nome tão infantil para algo de que se orgulhava tanto. Esses apelidos eram íntimos demais para duas pessoas que acabaram de se conhecer. Piorava mais o fato de ele não gostar de apelidos entre amantes, namorados, o que fosse. Se não fossem apelidos saudáveis, então que se tratassem pelo nome apenas e pronto.

– Você não. Seu... Will – ela se divertia com a gozação, principalmente por perceber que ele não estava gostando nem um pouco.

– Sua doida...

– Eu li em uma *fic*.

– *Fic*? Que diabos é *fic*?

– Você não sabe o que é uma *fic*?

– Não, Gabriela, eu não sei. – Daniel, aos poucos se rendia à brincadeira daquela linda mulher.

– Em que mundo você vive? *Fanfiction* é uma forma diferente de contar uma história que já existe. É a mais nova moda entre os internautas e leitores vorazes. Existem livros de sucesso que começaram como *fic*... Então... li em uma *fic* que o garoto chamava o... Bem, você sabe. O dele, de Will. Eu adorei! – Gabriela ria brincalhona.

– O que você tem contra o nome pênis?

– É pesado demais.

Ela voltou a cruzar os braços e franziu o cenho, como se estivesse aborrecida. Sua atitude era um tanto quanto infantil, mas Daniel, curiosamente, estava se deliciando com aquilo.

– Pesado?

O rapaz não acreditava naquela conversa. Ele estava com a garota mais bonita e intrigante, misteriosa e envolvente que já tinha conhecido, ambos sozinhos no carro, conversando sobre o nome adequado para o pênis. Inacreditável!

– Will é mais leve, mais divertido – ela continuou como se estivessem conversando sobre a escolha da cor da camisa para um passeio em um parque.

– Tem uma porção de outros nomes que podemos utilizar – de maneira surpreendente, ele entrou na brincadeira.

– Todos pesados ou pornográficos. Coisas de homens machistas e inseguros, que não admitem nada menos grosseiro para denominar seu instrumento de trabalho. Uma perfeita demonstração da falta de maturidade de vocês. Will é perfeito. Eu gosto – mais uma vez ela sorriu inocentemente para ele, que se viu preso àquele sorriso.

– Como preferir, Gabriela – suspirou.

Iria quebrar a sua promessa, não conseguiria evitar. Mas deveria. Sua vida fora completamente destruída porque se deixara levar pelo seu… Will. Sabia que tinha a obrigação de ser mais prudente.

Logo acima da cabeça de Gabriela parecia haver um letreiro com luzes piscantes: "Encrenca". Pensando assim, Daniel apertou mais ainda as mãos no volante, impedindo-as de tocar aquele corpo perfeito. Ele resistiria ao máximo.

– Então… como eu estava dizendo… tenho medo do estrago que seu Will poderia fazer em mim. – Ela queria enlouquecer Daniel, oscilando entre o inocente e o sedutor, uma mistura que realmente conseguia fazê-lo se perder.

– Você não é capaz de imaginar o estrago que eu faria – pensou alto, arrependendo-se logo em seguida. – Digo… caso um dia acontecesse alguma coisa entre nós dois. É só uma suposição… Não que vá acontecer… Você entendeu – finalizou, olhando para frente sem coragem de encarar a garota.

– Você poderia me mostrar.

Ele olhou a aturdido.

– Achei que tivesse dito que nunca transaria comigo.

– Eu não sei se terei outra chance de conhecer o... Will.

Gabriela exibia um sorriso encantador. Os olhos, cinza artificial, eram lindos e estavam ligeiramente abertos em expectativa. Os lábios carnudos brilhavam implorando aprovação. Daniel precisava resistir. Tinha feito uma promessa, mas ela era tão... desfrutável. Não. Ele não podia ceder.

– Eu não vou transar com uma estranha – ele disse, lutando contra o desejo latente entre suas pernas e tentando se concentrar no asfalto escorregadio.

– Assim que chegar ao limite da minha carona, irei embora e você vai seguir o seu rumo, então pensei se este carro seria pequeno demais... – seu sorriso era uma perdição.

Daniel imediatamente tirou o carro da estrada parando entre as árvores. A escuridão do lugar era amenizada apenas pela luz suave do painel, e a chuva formava uma cortina mantendo a privacidade do casal.

Ele estava rendido. Não havia como fugir dos encantos daquela mulher. E ela tinha razão. A carona acabaria logo mais. Não havia nenhuma possibilidade de Gabriela se tornar um incômodo maior.

– O que você está fazendo? – Gabriela praticamente gritou assustada.

– Temos o carro todo à nossa disposição – soltou seu cinto de segurança e começou a soltar o dela.

– Eu não vou transar com um estranho, Daniel – advertiu com voz firme e indignada.

– O quê? – ele parou sem acreditar no que a estranha dizia. O que ela pretendia? Estava tentando enlouquecê-lo?

– Não é o correto a se fazer – cruzou os braços mantendo-se firme. Aparentava irritação.

– Pense bem. Esta pode ser a sua única chance de conhecer o... Will. E ele está doidinho para te conhecer. A qualquer momento você pode ir embora e não nos veremos mais... – Daniel estava quase implorando. Tinha chegado ao seu limite e assumira que era um fraco em se tratando de mulheres como Gabriela.

– Bom... Então vamos conhecer o Will e ver o que ele pode fazer – mais uma vez a garota se transformou na mulher fatal que provocava Daniel tirando dele qualquer capacidade de resistência.

Ela deve ter distúrbio de personalidade, pensou antes de puxá-la para si. *Que se dane.* Posicionou Gabriela sentando-a no colo dele, contra o volante do carro. Ela não esboçou resistência alguma.

Daniel entrelaçou os dedos nos cabelos longos da jovem e exigiu sua boca quente. Ele tinha consciência de que estava prestes a transar com uma estranha, no meio do nada. E isso poderia se tornar uma merda muito maior e pior do que com Raquel, mas, para a sua desgraça, naquele momento pensava tão somente que Gabriela possuía os lábios mais deliciosos que ele tinha provado em toda sua vida. E também beijava da forma mais gostosa que ele já havia beijado. Os lábios de ambos se encaixavam com perfeição. Como se tivessem sido feitos um para o outro. As línguas se encontravam e se saboreavam. Daniel podia sentir na boca o mais saboroso desejo.

Gabriela se movimentou sobre ele arrancando-lhe um gemido gutural. Ele era felino, e isso a estava enlouquecendo. Com as mãos em sua cintura, Daniel a instigava a continuar seus movimentos sensuais. Ela obedecia a todos os seus comandos.

Com um desejo ardente, ele conseguiu tirar o casaco grosso que tinha lhe emprestado, ficando de frente para os seios arqueados que tanto lhe haviam chamado a atenção.

Ele os desejava desesperadamente. Passou a mão por dentro da blusa fina e percorreu o caminho que o levaria a eles. Gabriela gemeu com o contato da pele dele em seus seios e intensificou seus movimentos, tanto do corpo quanto da língua, que ainda se encontrava na boca de Daniel. Ele, por sua vez, foi mais ousado, utilizando a mão livre para agarrar a bunda de Gabriela, deliciando-se com o seu formato arredondado, perfeito.

Ele não aguentaria por muito tempo, precisava estar dentro daquela garota. Gabriela se afastou desabotoando a camisa. Daniel a fitou deslumbrado com tanta beleza e sensualidade reunidas em uma única mulher.

Quando Gabriela revelou os seios rosados, Daniel achou que perderia o juízo, agarrando-se ao corpo dela enquanto os sugava. A moça gemia sem pudor prendendo os cabelos de Daniel, sentindo as mãos imensas dele explorando-lhe o corpo. Daniel segurou uma das mãos da moça, direcionando-a para dentro da calça dele.

– Venha conhecer o Will. Veja como ele está louco por você.

E então uma batida forte no vidro ao lado deles fez os dois se sobressaltarem.

– Polícia – informou alguém do lado de fora. Daniel e Gabriela se olharam apavorados. – Saiam do carro com as mãos para cima.

Capítulo 3

— Então, Sr. Ferreira... – o policial parecia se divertir com a situação, segurando nas mãos a carteira de motorista de Daniel e os documentos do carro –, deixe-me ver se entendi... Você invadiu uma propriedade privada, acompanhado da sua "namorada" – parecia não acreditar nessa informação, lançando para Gabriela olhares discriminantes – porque não estava conseguindo dirigir na chuva forte?

– Isso mesmo – Daniel confirmou mantendo a voz formal. Estava acostumado a assumir o controle, no entanto a presença de Gabriela complicava bastante as coisas. O policial na certa achava que a garota era uma prostituta ou algo parecido, e esse pensamento deixava o rapaz agitado.

– Mas não estava mais chovendo.

– Percebi – ele o encarou.

– As coisas podem se complicar para o senhor. Esta é uma propriedade particular – repetiu. Daniel sabia exatamente aonde o policial queria chegar.

– Gabriela, por que não espera por mim dentro do carro? – sugeriu tirando a carteira do bolso. Era a hora de acabar com aquela conversa.

Após um tempo, Daniel e o policial apertaram as mãos e ele voltou ao carro. O policial estava alguns reais mais rico, e o rapaz, aliviado por ter conseguido resolver aquele inconveniente sem maiores comprometimentos.

A chuva recomeçou, tornando a atmosfera no interior do veículo quase insuportável, devido à tensão entre os ocupantes. Daniel, além de frustrado, sentia-se incomodado com o acontecido, enquanto Gabriela parecia visivelmente abalada. Permaneceu silenciosa até pararem novamente, quando ela olhou para fora e viu o neon das luzes do hotel piscando.

– Por que paramos?

– Chegamos a Canela. É tarde e preciso descansar – apesar de também constrangido, a voz dele era suave, como se estivesse se desculpando.

– Não vou passar a noite com você! – Gabriela assumiu outra vez sua postura defensiva, e Daniel se assustou com a resistência dela.

– Agora há pouco você estava quase transando comigo dentro do carro. Não entendo por que está tão irritada por causa de um quarto de hotel.

– Eu não vou dormir com você – falou categórica.

Daniel riu sem a menor vontade. Gabriela só poderia ser uma louca com dupla personalidade. Ele estava física e mentalmente esgotado.

– Pediremos quartos separados; está bom assim para você?

A moça o olhava amedrontada. Por alguns instantes, Daniel achou que alguma coisa estava errada na reação dela. Como alguém podia mudar de opinião tão rápido? E por que aquele pavor nos olhos? Vê-la tão angustiada e vulnerável ativou o instinto de proteção do rapaz. Gabriela parecia uma menina, ainda mais jovem do que aparentava antes.

– Gabriela, eu estou indo para o Rio de Janeiro, capital. Vou fazer o percurso de carro, por isso me dispus a levá-la comigo, mas neste exato momento preciso dormir.

– Eu posso dirigir enquanto você descansa – ela retrucou, os olhos ainda apreensivos. Apavorados. Como se implorassem silenciosamente.

– Qual é o problema? – ele perguntou sentindo sua paciência no limite. – Você está tentando me enlouquecer?

– Não tenho muito dinheiro – assumiu envergonhada. – Por isso pedi carona. Estou economizando para pagar a passagem para o Rio; vou tentar reduzir a distância o máximo possível também economizando na alimentação.

Ele sentiu compaixão. Como o bom escoteiro que tinha sido na infância, e com a educação permeada de princípios religiosos, sendo a caridade e a piedade sempre prioritárias, conforme sua mãe tentara lhe ensinar a vida inteira, não podia se sentir diferente. Mas, acima de tudo, seu coração estava repleto de carinho e fascínio pela figura que naquele momento se mostrava tão frágil e vulnerável; portanto, jamais poderia lhe virar as costas. Nem se quisesse muito.

– Eu pago um quarto para você. Farei a viagem de qualquer jeito; vai ser agradável ter companhia.

A atmosfera mudou tão rápido que pegou o rapaz de surpresa. O olhar assustado e suplicante desapareceu dando espaço para uma raiva fulminante.

– Não sou uma prostituta! Não precisa pagar pelos meus serviços, e eu posso muito bem me virar sozinha.

Daniel estava chocado. Gabriela era uma incógnita. Uma caixinha de surpresas. E tinha um sério distúrbio de personalidade. Mas, apesar de irritante, era muito, muito desejável. Ficou atordoado, sem saber como agir diante daquela mudança súbita de humor. Ela o deixava zonzo.

– Não foi o que eu quis dizer – Tentou apaziguar, no entanto tal feito parecia impossível. Ela era como uma bomba atômica prestes a explodir e, quando isso acontecesse, não sobraria muito no seu caminho.

– É lógico que quis. Foi como pensou, assim como pensou que poderia transar comigo no meio do mato...

– Quer saber? – ele a interrompeu com um grito. – Estou cansado e vou sair agora mesmo deste carro. Vou entrar naquela porcaria de hotel e alugar um quarto. Vou tomar um banho quente e demorado, dormir em uma cama quente e macia. Se você quiser a mesma coisa, é só me seguir que faço questão de te pagar um quarto, separado do meu – ressaltou. – Se não quiser, pode dormir no carro ou voltar para a estrada e tentar uma nova carona. Eu não vou me sentir culpado se você for estuprada e morta.

A garota se encolheu com as palavras de Daniel, virando o rosto e acomodando-se no banco do carro.

– Grosso.

– Louca.

Daniel desceu batendo a porta com força, soltando fogo pelas ventas, caminhando para a recepção do hotel. Voltou instantes depois, com uma chave na mão e, sem sequer olhar para a garota, foi para o quarto. Gabriela ficou no carro tentando absorver o que tinha acontecido. Estava confusa e perdida, sem saber ao certo o que fazer.

Relutante, aconchegou-se mais no banco, dobrou as pernas no peito e as abraçou. Provavelmente não conseguiria dormir, mas era melhor do que estar de volta à estrada àquela hora da madrugada, e, sem sombra de dúvidas, muito melhor do que estar em uma cama paga por um grosseirão como Daniel. Só Deus para saber o que poderia acontecer caso os dois dividissem a mesma cama.

Era o que ela queria? Talvez. Mas Gabriela entendia a extensão das suas feridas e não sabia se jogar sal nelas era uma boa pedida.

A noite estava muito silenciosa e fria. Raramente passava um caminhão próximo de onde ela estava, já que o hotel era para pessoas de passagem, por isso ficava à beira da estrada. Quando acontecia, a moça se encolhia ainda mais.

Mesmo dentro do carro, ela conseguia sentir os ossos congelando. Da janela do quarto, Daniel observava Gabriela remexer-se desconfortavelmente no banco duro de couro. Ele também não conseguia dormir sabendo que ela poderia congelar do lado de fora, em meio àquela chuva fria.

A culpa por ter sido grosseiro com ela, em vez de tentar persuadi-la a entrar, estava corroendo-o. Não era o tipo de homem insensível que não se importava com as mulheres com as quais se envolvia; não tinha sido assim nem com Raquel. Ele dava a elas sempre o melhor de si quando juntos. Não podia ser diferente com Gabriela.

Já havia tomado um banho quente, trocado de roupa e ligado a TV, mas não conseguia desligar-se da garota lá no carro. Ficou atordoado. *Se ela não fosse tão louca!* Era difícil e complicado lidar com uma pessoa que mudava de humor à velocidade da luz. Estava acostumado a ter o controle, no entanto sabia muito bem que o havia perdido no momento em que se envolvera com Raquel.

Com Gabriela não seria diferente. Tinha consciência de que aquela carona ainda lhe renderia muitos problemas. Entretanto, nenhum pensamento negativo a respeito da garota o fazia se sentir menos culpado por deixá-la lá fora naquele frio. Atormentado pela culpa, resolveu ir até ela.

Sem perceber que alguém se aproximava, Gabriela, de olhos fechados e perdida em pensamentos, lutava contra as lembranças de Daniel em sua vida. Ele não era para ela, sabia perfeitamente disso. O melhor a fazer era partir logo cedo, arriscando-se em outra carona. Dessa forma conseguiria se proteger e, quem sabe, protegê-lo da vida tão desregrada que tinha.

Daniel se aproximou do carro, passos vacilantes, tremendo de frio, apesar de agasalhado, bateu de leve no vidro em que Gabriela se encostava, assustando-a. A garota olhou-o confusa; ele estava na chuva encarando-a impaciente e agitado como se quisesse de alguma fora reter o calor do próprio corpo. Então abriu uma fresta mínima do vidro, evitando que o frio entrasse e a castigasse ainda mais.

– O que você quer?

– Gabriela, por favor, entre.

Daniel não queria mais discussão. Na verdade estava incomodado com o frio da madrugada e com o tamanho da teimosia da sua caroneira. Também não queria que ela continuasse castigada pelo frio e pelo desconforto, já que tudo levava a crer que já havia sofrido o suficiente na sua curta vida. Ao se dar conta desse pensamento, sentiu-se desconfortável. Incomodado, para ser mais correto. Como se, por alguma razão desconhecida, não quisesse que ela tivesse passado por nada de tão difícil, duro e ruim em sua vida. Era um sentimento estranho e desconcertante.

Gabriela, por sua vez, sabia que, apenas com aquele pedido, Daniel já tinha conseguido derrubar-lhe as defesas. Aqueles olhos meigos e a voz doce poderiam conseguir o que quisessem dela. Mas, por um motivo que não entendia muito bem, sentiu-se aflita. Não queria que Daniel ganhasse espaço em sua vida. Não mais.

– Para quê?

– Dormir, Gabriela. Apenas isso. Está muito frio, e você vai ficar doente se continuar aqui fora. Eu já estou congelando nesse pouco tempo. Lá dentro está quente.

– Eu sou forte.

Difícil como era, e totalmente perdida em suas emoções, Gabriela não queria ceder. Uma parte dela gritava que era hora de esquecer tudo o que tinha acontecido, abrir-se para Daniel e quem sabe seguir outro rumo. Outra parte, maior e mais forte do que a primeira, dizia que daquela vez a queda seria muito pior. Ela se partiria em um milhão de pedaços e ninguém estaria por perto para ajudá-la a se recompor.

Daniel sentia que sua paciência iria acabar a qualquer momento. O frio o empurrava para dentro do quarto, onde havia uma cama quente aguardando-o. A qualquer momento sua compaixão por Gabriela seria relegada a um segundo plano e a autopreservação assumiria as rédeas.

Seria mesmo?

– Eu estou aqui, debaixo desta chuva te pedindo que entre. Isso não basta?

Esfregou as mãos tentando aquecê-las, olhando para os lados cogitando a possibilidade de tirar Gabriela do carro à força, levá-la para dentro do quarto e amarrá-la até o dia seguinte, quando, enfim, poderiam seguir viagem. Ao menos ele teria uma noite decente.

– Não. Você quer que fiquemos no mesmo quarto?

– Não tenho certeza se conseguirei outro quarto agora. É tarde e a recepção está fechada. – Voltou a olhar ao redor, inseguro em relação a estar mesmo fazendo a coisa certa. – Eu juro que não encosto um dedo em você. Estou tão cansado que nem poderia... – riu para si mesmo duvidando dessa possibilidade.

Gabriela saiu do carro com seu sorriso inocente e angelical, passando por Daniel, que ficou paralisado, sem reação diante daquela mudança súbita de humor. Então, ainda sem acreditar no que estava vendo, questionou: *Por que ela não pode agir, pelo menos uma vez, como uma pessoa normal?* A Gabriela irritada e irredutível tinha evaporado, deixando em seu lugar uma garota meiga, educada e doce, que congelava enquanto o aguardava.

– Obrigada, Daniel. É muito gentil da sua parte – suas bochechas ficaram rosadas e seus olhos brilharam.

Daniel passou a mãos nos cabelos, perplexo com aquela garota. Onde foi parar toda a sua arrogância?

– Por acaso você tem algum distúrbio de personalidade?

Gabriela apenas sorriu indo em direção ao quarto. Assim que entrou, dirigiu-se direto para o banheiro, desfazendo-se das roupas, largando-as pelo chão e batendo a porta atrás de si. Daniel ficou congelado no lugar, fascinado pela visão da nudez da mulher inacreditavelmente confusa com quem ele divida o quarto, ainda que ofuscada pela escuridão do ambiente iluminado apenas pela luz azulada da TV.

Ouvindo o barulho do chuveiro, Daniel se perguntava o que fazia com que ele se importasse tanto e a quisesse com a mesma intensidade, mesmo depois de tudo o que já tinham passado em um espaço de tempo tão curto. Concluiu que Gabriela era tentação demais para um homem que há mais de seis meses não sabia o que era sexo, e que, com certeza, tal abstinência estava amolecendo seu coração, refletindo-se diretamente em suas atitudes.

– Calma, Will! Ou terei que te dar um banho gelado e não será nada agradável.

Daniel riu de si mesmo ao se ver chamando o próprio pênis pelo apelido dado por Gabriela. Ela era a louca mais engraçada que ele tinha conhecido. Também a mais adorável, irritante e desconcertante e... Eram tantos "es" que ficava cansado, só de pensar.

Desligou a televisão, puxou a colcha desfazendo a cama, tirou o casaco grosso e pesado, deitou-se, procurando controlar os espasmos de frio, mesmo o quarto estando quente, apoiou a cabeça no travesseiro encarando a porta do banheiro. O barulho do chuveiro combinava com as gotas de chuva que batiam na janela. Uma luz fraca, quase inexistente, vazava por baixo. E ele pensou em tudo que aquela figura já havia passado até chegar àquele momento. A ideia o entristeceu.

Quando Gabriela saiu do banheiro, Daniel já estava dormindo, derrotado pela longa viagem de carro até aquela cidade. Aquela mesma cidade... Ela suspirou. Sem querer acordá-lo, mas incapaz de controlar o desejo de estar tão perto daquele homem novamente, talvez a última, subiu de joelhos na cama e observou o quanto Daniel era lindo. Sentiu lágrimas formando-se e as repudiou. Ela tinha jurado que nunca mais choraria por homem nenhum, muito menos por Daniel Ferreira.

Apesar de sua decisão, deitou-se ao seu lado e aguardou o sono chegar, sem que os olhos deixassem de contemplar aquele rosto sereno, que um dia tinha sido o centro do seu universo.

Quando Daniel despertou, o quarto ainda estava escuro, embora soubesse que já era bem tarde. Apertou os olhos e por breves segundos se perguntou onde estava. Olhou em seu relógio, verificando que passava do meio-dia. Dormira demais e estava atrasado. Fechou os olhos mais uma vez e só então se lembrou de Gabriela. *Droga!* Levantou-se sobressaltado quando deu de cara com um par de olhos verdes fixado nele.

– Bom dia! – a garota disse com um sorriso enigmático no rosto.

Daniel não sabia o que ela queria, sentada à beira da cama, observando-o, usando apenas uma camisa dele. *Que sexy*, ele pensou sem conseguir coordenar os pensamentos de maneira sensata. As pernas grossas e torneadas de Gabriela estavam totalmente à mostra. Os cabelos desalinhados tornavam sua imagem ainda mais sensual.

– Bom dia! – conseguiu responder. – Ou melhor, boa tarde!

– O que significa o tempo, Daniel? O que importa ter ou não passado do meio-dia, se é manhã ou tarde, quando estamos aqui, apenas nós dois – a voz suave, doce e sensual o deixou desorientado. Era um convite para a perdição. Um caminho sem volta, uma decisão intempestiva.

Daniel estava confuso. Gabriela oscilava entre aceitar transar com ele e não aceitar de forma alguma. Naquele instante, ela o instigava, provocava, testando sua resistência e capacidade de raciocínio. O rapaz estava perdido e, o pior de tudo, naquele exato momento, ele não conseguia mais pensar em nada.

– Eu prometi que não encostaria em você, Gabriela. Não me confunda, por favor!

Ela engatinhou em sua direção como uma felina. Sem nunca desviar seus olhos dos dele. Daniel aguardava atento e expectante. Ele queria, mas não podia querer, não devia querer, no entanto queria desesperadamente. Ela mexia com ele de uma maneira desconcertante. Sentia raiva por estar tão vulnerável e, ao mesmo tempo, cheio de vida. Era estranho. Não era dele.

– Está com medo de mim, Daniel? – seu sorriso sedutor absorveu toda a atenção do rapaz.

– Com certeza – disse olhando os lábios carnudos desejoso do contato. *O que está acontecendo comigo?* Aturdiu-se por não conseguir evitar o desejo por alguém tão inconstante. Gabriela era uma estranha. Uma linda e gostosa estranha, e tudo indicava que era louca também. Como fugir de uma mistura tão explosiva e atraente?

– Parece que o Will não pensa como você – ela olhou brevemente para baixo, sugerindo ter percebido a excitação dele.

Daniel se movimentou constrangido.

– O que há de errado com você? Uma hora está doida para transar comigo, em outra me insulta, insinuando coisas que eu não disse a seu respeito, recusando-se a dividir a cama comigo. E ainda por cima me chama de grosso.

– E você me chamou de doida – sussurrou bem perto dos lábios dele.

Daniel fechou os olhos absorvendo o hálito da garota. Hortelã ou menta, e algo mais que ele não soube identificar, mas que o deixava ainda mais ansioso pelo beijo. E aquele sorriso… Ah! Aquele sorriso, naqueles lábios. Irresistível.

– Eu não estava errado. Você não é nada menos do que isso.

Esperou a fúria dela. Quem sabe se com isso o encanto não se quebraria? Gabriela apenas o olhou, passou a língua pelos lábios, depois sorriu diabolicamente. Foi demais. Ele a agarrou, jogando-a na cama, deitando o seu corpo sobre o dela e percorrendo as mãos pelas curvas esculturais. Ela riu, satisfeita. Uma risada infantil e encantadora. Completamente diferente de tudo o que já tinha demonstrado. Esse gesto não poderia passar despercebido.

– Sua louca! – mordeu o pescoço da garota e depois chupou saboreando o gosto de pele e sabonete. – Queria me fazer perder o juízo? Parabéns, você conseguiu! – Com um rosnado, agarrou a camisa que

Gabriela vestia e puxou-a, arrancando alguns botões, o que desnudou os seios dela. – Agora eu vou fazer você enlouquecer de uma vez.

Gabriela riu antes de Daniel calar sua boca com um beijo selvagem. Eles foram interrompidos pela campainha do quarto. O rapaz olhou rapidamente para a porta e depois para Gabriela, preferindo ignorar quem quer que fosse do lado de fora.

– É o nosso café da manhã – anunciou tentando se desvencilhar dos braços dele enquanto ria da situação.

Inacreditável!

– Não – disse decidido. Puxou-a outra vez para baixo do seu corpo. No entanto, a campainha tocou novamente, e a garota recomeçou a rir. Daniel, enfurecido, bateu no travesseiro que estava ao lado.

– O que é? – gritou para quem estava do lado de fora. Gabriela começou a gargalhar com a aflição do seu parceiro.

– Serviço de quarto, senhor – alguém respondeu do lado de fora. Pelo tom da voz, a pessoa estava sem graça por atrapalhar a intimidade dos hóspedes. Daniel olhou para Gabriela, que tapava a boca com as mãos tentando conter o riso.

– Você é uma diaba! – estreitou os olhos sem conseguir acreditar no que ela havia feito. – Sabia que iria acontecer e por isso me provocou. – O riso de Gabriela se intensificou, deixando-o enfurecido.

Porém não era o momento de estourar. Precisava ser prudente. E frio. E vingativo. Ele sabia ser cruel quando necessário, e isso Gabriela descobriria logo. Daniel, muito lentamente, levantou-se controlando a raiva e a excitação, e seguiu em direção ao banheiro.

– Atenda! – ordenou antes de trancar a porta.

Gabriela levantou-se, a camisa rasgada no calor do momento revelando parte do seu corpo, e foi abrir a porta do quarto, sem se importar com o que a pessoa iria pensar. O funcionário do hotel ficou sem reação ao vê-la tão à vontade. Era hilário, e ela controlou ao máximo sua vontade de rir. O coitado tentava não olhar, o que se tornava impossível, afinal de contas, ela era mesmo linda.

Daniel ficou furioso ao abrir a porta do banheiro e dar de cara com aquela cena. *O que ela está fazendo?* Olhando para o rapaz só pensava em uma coisa: *Eu vou matar essa mulher.* Gabriela, percebendo a fúria do seu acompanhante, resolveu que colocar fogo em uma piscina com álcool não seria tão ruim. Pegou uma uva, ainda de frente para o funcionário, e colocou-a na boca, de modo provocante olhando para o garoto que ficou visivelmente excitado. Foi a gota d´água para Daniel.

Ele pegou a carteira, tirando de dentro uma nota de cem reais, valor mais do que suficiente pelo café da manhã, e entregou-a ao rapaz, que ainda olhava completamente aturdido para Gabriela. Queria deixar claro quem bancava ali dentro. Se a moça queria fazer o papel de vadia, que fosse tratada como uma.

– Obrigado! – olhou rispidamente para o rapaz, que envergonhado, pegou o dinheiro e se retirou com pressa.

Optou por nada dizer a Gabriela. Ela era maluca e não merecia a sua atenção. Principalmente depois daquela exibição ridícula e desnecessária. Onde ele estava com a cabeça quando pensou que poderiam viajar juntos? Começava a se arrepender em função dos bons sentimentos que tivera por ela. Balançou a cabeça sem acreditar na quantidade de confusão em que se metera em menos de vinte e quatro horas.

– Irritado? – Gabriela fingia inocência, embora soubesse que estava ultrapassando todos os limites.

– Com o quê? Com o fato de você se comportar como uma vagabunda? Isso não é problema meu.

Ele não conseguia mais ser gentil e muito menos educado. Ela havia extrapolado. Uma das coisas que Daniel mais detestava em uma mulher era a vulgaridade. Principalmente se fosse a mulher dele. Parou por um instante, percebendo que não podia pensar assim. Gabriela não era e nunca seria dele. *Graças a Deus!* E tentou encontrar alívio nessa afirmação. Não encontrou.

– Seu grosso! – Gabriela, ofendida pelas palavras rudes de Daniel, pegou as uvas e começou a atirá-las nele. Enraivecido, ele tentava se defender daquele ataque. – Foi você quem me mandou abrir a porta, apesar de saber que minha roupa estava rasgada.

– E você adorou ver o pobre do garoto excitado. Escute atentamente, Gabriela, não vou perder o meu tempo com você. Tome logo a merda do seu café que tenho pressa em terminar logo com esta porra de viagem.

Ele queria dar um fim àquele tormento, permitindo a Gabriela que seguisse o seu caminho para que pudesse voltar ao dele.

– É um cavalo mesmo. Não quero essa porcaria de café. Você pagou por ele e pelo quarto. Faça o que achar melhor.

Tentou passar por seu acompanhante para alcançar o banheiro, contudo Daniel a agarrou pelo braço. Aquela atitude não fazia parte da sua personalidade, mas infelizmente era impossível não se envolver com Gabriela, até mesmo em uma briga. Ela tinha conseguido essa façanha. Conseguia fazer com que ele entrasse em um turbilhão de sentimentos descontrolados, deixando-o irreconhecível.

– Estava tão interessada nas uvas e não vai comê-las? – Arrastou a garota até a mesa. – Agora vai sim. Sente-se e tome seu café – ordenou sem conseguir se conter.

– Tome você, seu idiota.

Gabriela pegou a primeira fruta que encontrou e esfregou-a na cara de Daniel com raiva. Ele ficou chocado, olhando-a incrédulo. Um brilho incendiou os olhos da garota e, em seus lábios, um sorriso malicioso brincou. Ele passou as mãos no rosto, retirando o excesso, tentando identificar o que ela tinha passado.

Mamão? Daniel odiava mamão. Olhou para a garota, queria descaradamente. Sem pensar, pegou a jarra de leite e derramou-o na cabeça de Gabriela, que gritou assustada enquanto seus lindos fios sustentavam uma cascata branca descendo em direção ao chão.

– O quê... Você me paga. – Ela pegou o pedaço de bolo e atirou-o nele, que já estava com o outro pedaço de mamão na mão, esfregando em todas as partes que conseguia alcançar do território inimigo.

E nessa briga, atirando coisas um no outro, acabaram com tudo o que havia para o café. Eles não sabiam exatamente quando começaram a rir e transformaram a briga em uma brincadeira. Os dois riam muito enquanto se lambuzavam com a comida, abraçavam-se, prendiam-se um ao outro, tocavam-se... Ao acabar tudo que podia ser lançado por eles, estavam imundos, abraçados e excitados.

Daniel fitou os olhos verdes artificialmente clareados da garota e se perdeu em seu desejo. Beijaram-se com sofreguidão. Seus corpos se esfregavam em meio à bagunça que haviam feito, as mãos tentando se desvencilhar dos restos de comida que melavam todos os lugares. Ele escorregou pela parede levando-a junto. Gabriela sentou-se no colo de Daniel, cruzando as pernas em torno do corpo do companheiro. Continuaram se beijando enquanto as mãos se exploravam reciprocamente.

Daniel os interrompeu, rindo, ainda excitado, mas sem poder continuar. Gabriela o encarou inquisitiva.

– O quê? – parecia confusa.

– Você está com gosto de mamão – ele respondeu rindo, mas tentando encobrir o motivo do afastamento.

– E daí? – Uma Gabriela quente de diversas formas e ofegante decidiu que não queria se afastar.

– Eu detesto mamão.

Ele riu ainda mais, achando graça da ironia. Jamais gostara de mamão, mas, em momento distante de sua vida, havia saboreado uma situação única, envolvendo um mamão e uma menina. O amor da sua vida. Desde então nunca mais voltou a provar a fruta, embora nunca tivesse esquecido o seu sabor. Jamais esqueceria.

– Idiota! – Gabriela levantou-se com raiva. – Vou tomar um banho. Você acabou comigo. – E começou a rir também, sem deixá-lo perceber que ela compartilhava as mesmas lembranças.

– Não demore. Estamos atrasados.

– Como quiser, meu amo e senhor. – E trancou a porta do banheiro antes de deixar as lágrimas caírem.

Capítulo 4

Eles estavam há meia hora no carro, e Gabriela ainda não tinha dito uma palavra sequer. Seu rosto sério, carregado de maquiagem, trazia de volta a garota misteriosa e fechada que havia entrado no carro na noite anterior. Os lábios, apesar da camada exagerada de gloss, ainda eram suculentos e apetitosos. Os cabelos molhados, embora estivesse muito frio, caíam na pele clara, parcialmente coberta por um blusão azul-claro que deixava a clavícula à mostra.

Era extremamente tentadora para Daniel, que oscilava entre permanecer afastado daquela mulher que só lhe causava problemas e diminuir a distância surgida desde que ela saíra do banho. Não podia deixar de notar que a estranha mulher usava um perfume que o fazia viajar a um passado gostoso e confortável, no qual ele se sentia feliz e seguro. No entanto, Daniel sabia que Gabriela jamais lhe traria aquelas sensações. Ninguém conseguiria fazê-lo sentir-se daquela forma novamente. Nunca!

Todo aquele encanto doce e inocente do primeiro amor tinha ficado para trás, trancado em um passado distante, que nas últimas horas teimava em escapar e ressurgir. O melhor a fazer era trancafiá-lo o mais profundo possível. Ela não voltaria. Nunca mais.

– Esse perfume... – deixou as palavras escaparem sem que pudesse impedi-las. Por uma breve fração de segundos, seus olhos se encontraram, e Daniel percebeu o sobressalto de Gabriela.

– Achei jogado em um canto há duas noites e gostei da fragrância. Como não tinha dono – Voltou a olhar para fora do carro cortando a conversa. Era o melhor a ser feito.

Daniel também não quis prolongá-la. Seria como enfiar a mão no peito e arrancar o próprio coração, como das outras vezes. Estava cansado de reviver momentos que só lhe traziam dor. Talvez o fato de voltar àquela cidade o enchesse de nostalgia. Por esse motivo, afastar-se era como virar as costas para as lembranças, deixando-as cada vez mais distantes. E assim deveria ser.

– Quando chegarmos a Caxias do Sul, paramos para comer alguma coisa.

Tentava puxar conversa ainda sem saber se deveria ou não quebrar a barreira erguida pelos dois. Gabriela tinha voltado para o seu comportamento introspectivo, sem dar espaço para ele se aproximar. Ela apenas acenou com a cabeça.

– Você ainda não me contou o que estava fazendo naquela cidade, Gabriela.

– Você também não – rebateu sem demonstrar vontade de conversar.

– Eu estava em uma reunião de negócios e agora estou indo para outra.

Gabriela franziu o cenho, intrigada com algo que Daniel nunca seria capaz de descobrir. Por outro lado, a conversa despertou o interesse dela, que se voltou para o rapaz.

– Com o que você trabalha?

– Marketing e publicidade. E você? – Daniel perguntou, satisfeito por ter a atenção da moça de volta.

– Você trabalha em uma empresa de marketing? Que interessante! Nunca imaginei...

Ele a olhou surpreso com suas palavras. Como assim, ela nunca tinha imaginado?

– Como assim? Acabamos de nos conhecer.

– É... Bem... – Ela fez uma careta de desagrado, depois riu. – Você é todo engomadinho. Tem um carrão. Sua pose, roupas, maneira de falar... Eu jurava que você era médico... Ou advogado... Ou qualquer profissão que lhe desse uma posição superior e autoritária, sei lá! – sacudiu os ombros, voltando a olhar a estrada.

Daniel riu. Não sabia que Gabriela o via daquela forma. Em nenhum momento ostentou a sua posição financeira, muito menos agiu como quando estava trabalhando e precisava manter a postura perante os seus funcionários. Mas ali, diante daquela moça confusa e perdida, não precisou em momento algum ser o Daniel empresário, rico, afetado e esnobe.

– Na verdade eu sou dono da empresa, que faz parte de um grupo de empresas da minha família. Meu pai é médico, por esse motivo as principais empresas são desse ramo. Possuímos algumas diversidades, que estão a cargo da minha mãe e de um tio.

– Ah! – Ela voltou a ficar calada. Cruzou os braços na frente do peito e exibiu uma expressão triste.

– Você não me respondeu.

– O quê?

– No que você trabalha?

– Não faço nada de interessante.

– E o que você faz?

– Sou garçonete de um restaurante em Ipanema.

– Ah! – Foi a vez de Daniel ficar calado.

Gabriela era uma simples garçonete. Não pertencia a seu mundo, nem frequentava os mesmos ambientes que ele. Por isso seria tão fechada? A realidade díspar dos dois incomodou o rapaz. Daniel expulsou os pensamentos, afinal de contas, a diferença social não deveria ser uma barreira, mas sim as diferenças de equilíbrio.

No que ele estava pensando? Como ele podia cogitar um possível relacionamento com uma total desconhecida, completamente maluca, que só havia lhe causado problemas até aquele momento?

No entanto, ele estava incrivelmente enredado na situação. Queria e não queria e, ao mesmo tempo, tinha consciência de que não poderia evitar o que iria acontecer.

– Você é uma péssima garçonete – brincou chamando a atenção dela. – Derramou a comida em mim hoje.

Deu certo: Gabriela começou a rir.

– Então... o que você foi fazer naquela cidade perdida no fim do mundo? Tirando a parte do turismo, é claro!

Ela riu outra vez.

– Fui resolver problemas de família – suas mãos se contorceram no colo e os olhos fitaram a paisagem.

Daniel percebeu que ela estava escondendo algo. Aliás, a ideia de que Gabriela não dizia a verdade desde que se encontraram era uma das maiores barreiras entre eles. Não acreditava no que ela dizia, embora não soubesse o porquê, de qualquer forma acreditava que as mentiras não eram ruins ou perigosas, e sim um mecanismo de defesa.

– Eu pensei que fosse daqui do Sul. Sua pele, seus olhos. Concordo que isso não quer dizer muita coisa. Somos uma mistura de várias raças, no entanto você me lembra muito as pessoas dessa região – deu de ombros. Afinal de contas a garota já lhe tinha informado que era do Rio de Janeiro. Apesar de duvidar dessa informação, não queria bater de frente com ela e provocar uma nova discussão.

– Eu já disse que não sou. Meu pai vivia lá e faleceu. Eu não o via há muito tempo. Vim fechar a casa e colocá-la à venda. Preciso do dinheiro, porém ela está velha e malcuidada. Precisa de uma reforma. Vou ter que vender a preço de banana.

– Eu acho que as bananas são vendidas a preço de ouro, e isso significa que você vai vendê-la por um ótimo preço – sorriu, e ela o acompanhou.

– Certo, então a preço de capim. – Eles riram.

– Eu morei lá há muito tempo. Vivi alguns anos naquela cidade perdida entre o nada e lugar nenhum. Talvez conheça o seu pai. O que ele fazia?

– Não! – ela negou nervosa. Gabriel estranhou a veemência da sua reação. Seria mais uma mentira? Por que tanta aflição? – Ele não não viveu lá por muito tempo. Não sei ao certo, quase não tínhamos contato, só sei que ele comprou aquela casa velha caindo aos pedaços quando chegou à cidade. Era só o que me faltava. Nunca recebo nada de ninguém, e, quando finalmente Deus resolve me dar uma ajudinha, ganho uma casa com problemas no encanamento, perdida no meio do mato, paredes mofadas e com infiltração... Um lixo. – Gabriela olhou pela janela evitando contato visual com Daniel. Continuava ansiosa, falando sem parar.

A dúvida crescia dentro de Daniel como uma avalanche. O fato de estar sendo sincero com aquela estranha, e principalmente por estar realmente interessado nela, enquanto a moça tentava a todo custo impedir que ele a conhecesse, o incomodava. Começava a acreditar que havia alguma coisa de muito errada naquela história. Qual o motivo para tantas mentiras?

– Por que eu não consigo acreditar em você? – falou em tom de brincadeira, sem disfarçar a indignação. – Olhe para mim quando falo com você, Gabriela!

– Vá encher o saco de outro, Daniel – retrucou agressivamente. Outra mudança súbita de humor, e isso o deixou mais zangado.

– Calma aí! Se não quiser falar, não fale. Caramba, Gabriela! Você me deixa tonto com a sua bipolaridade. –Permaneceram em silêncio por um tempo. Cada um perdido em seus próprios pensamentos.

Gabriela pensava em dar um fim àquela carona. Sabia que precisava ir embora, que o melhor a fazer seria sumir da vida de Daniel, já que ambos tinham se tornado opostos. Nada mais compartilhavam; por que insistir naquilo?

Daniel, do seu lado, tentava descobrir e entender o motivo de se importar tanto. Ele queria que Gabriela não fosse um problema, mas sabia que ela era, por isso não deveria permitir a permanência da garota junto dele. No entanto, sentia-se completamente envolvido e curioso.

– O que uma pessoa como você fazia morando naquele lugar? Digo... seu pai é médico, vocês têm posses, então...

Daniel riu irônico.

– Você é incrível! Uma hora me agarra, me provoca, me enlouquece. De repente fica distante, não quer conversar e me repele. Eu definitivamente não te entendo e desisto de tentar – fixou as mãos no volante e encarou a estrada. As incertezas estavam acabando com o seu ânimo.

– Relaxe, Daniel! Você é muito estressado – Gabriela voltou a sorrir como se nada tivesse acontecido. Ela trocou a música calma no som do carro, escolhendo um rock dos anos oitenta, antigo e famoso. Cantarolou a música.

Daniel diminuiu o volume sem mudar a música escolhida por ela.

– Você está fazendo outra vez.

– O quê?

– Me enlouquecendo com as suas atitudes. Acabou de ser grossa e agora está toda angelical, quase uma santa me pedindo que relaxe. Cantando toda animada.

– Não se preocupe; em breve chegaremos em casa e você não vai mais precisar conviver comigo.

Gabriela parecia magoada, apesar de ter sido ela a profetizar aquelas palavras. Estava ciente de que ficar ao lado de Daniel não era sadio para nenhuma das partes. Uma coisa era ter consciência dessa realidade, mas outra muito diferente era ver nos olhos daquele homem que essa era a vontade dele também. Doía imaginar que sua presença não tinha significado algum e que novamente seria apenas uma pessoa do passado.

Daniel, como sempre, não conseguiu decifrar o enigma na cabeça daquela garota. A carona teria um limite, era fato. Porém não estava preparado para deixá-la. Seus instintos o impeliam a cuidar de Gabriela. Protegê-la, nem que fosse de si mesma. A moça era estranha, misteriosa, e uma mentirosa nata, todavia, nada disso diminuía o instinto protetor dele.

Daniel sabia que existia uma tristeza muito profunda naquela alma. Uma resistência proveniente de muita dor, e decepção. No fundo, bem no fundo, Gabriela não passava de uma garotinha que se fingia de forte para evitar o sofrimento. Suspirou profundamente.

– Só se você quiser que seja assim. Eu não tenho nenhum problema em continuar seu amigo.

Não entendia os seus próprios sentimentos. Sabia que um relacionamento entre ambos era impossível, mesmo assim, soava ruim pensar na separação. Apesar de todas as loucuras e confusões que Gabriela causava nele, Daniel não se sentia insatisfeito, muito pelo contrário, a garota era doida, mas também divertida e imprevisível, e ele estava adorando não saber o que esperar dela.

– Não sei se quero ser sua amiga – ela o olhou sem demonstrar nenhum sentimento. – Mas tenho certeza de que gostaria muito de conhecer um amigo seu – e o sorriso diabólico lhe voltou aos lábios.

Daniel puxou o ar com força, sentindo-se desestabilizar. Ok, ele gostava da inconstância dela, mas estava ficando confuso demais, e em espaço curto de tempo. Nem conseguira se acostumar com a Gabriela que irradiava raiva e defesa e já tinha de conviver com a outra cheia de tesão.

– Sinceramente? Acho que você é bipolar.

– Vá à merda, Daniel! – Mas seu sorriso permaneceu e Daniel apenas deu risada de mais uma loucura daquela doce estranha.

Pararam para comer algo em Caxias do Sul. Estavam famintos, devido à travessura com o café da manhã. Daniel não queria demorar muito. Ele tinha pressa em chegar ao seu destino e precisava de dois dias ou mais para para organizar tudo com sua equipe antes da reunião. Optaram por uma lanchonete próxima, onde poderiam comer algo grande e gorduroso, como Gabriela tinha sugerido. Sentaram-se um de frente para o outro, colados à enorme janela de vidro.

Gabriela observava tudo com curiosidade, a começar pela paisagem do lado de fora, que, apesar de não ser magnífica, era mesmo linda. Muitas árvores imensas, verde para todos os lados e um banquinho de madeira rústico, próximo à placa indicativa da lanchonete, davam ao local um charme todo especial. Algumas pessoas se espalhavam dentro do ambiente, onde bancos no estilo lanchonete americana imitavam um sofá em "U" e separavam os clientes em biombos reservados e discretos.

Uma garçonete usando uniforme curto e justo demais, com tanta maquiagem quanto a mocinha desta história e lábios cobertos por uma tinta vermelha que os realçava, tratou de atendê-los, ou, para ser mais correta, atender Daniel. Gabriela era apenas uma sombra ao lado do deus grego que a garçonete tentava seduzir.

Os olhos dele brilharam quando percebeu o incômodo de Gabriela em relação à moça, que exibia o decote como se fosse a melhor parte do cardápio. Ele ainda sentia raiva da sua companheira pelo que tinha aprontado no hotel com o café da manhã, além de toda a sua inconstância e recusa. Então, resolveu dar a à garçonete um pouco do seu próprio veneno.

– Posso ajudar? – a moça olhou somente para Daniel, que correspondeu à altura, percorrendo com os olhos aquele corpo escultural.

– O que você me sugere? Além da sua linda companhia – piscou e deu a ela um sorriso de tirar o fôlego. Os dentes brancos e alinhados eram um espetáculo naqueles lábios muito bem esculpidos. Daniel sabia o efeito que produzia nas mulheres.

– *Cheeseburguer* com salada e fritas, acompanhado de molho especial, ou panquecas à moda da casa, também com molho especial – a jovem tentou parecer didática com a sugestão, mas o olhar de Daniel a deixou desconcertada.

– Panquecas para o almoço? – Gabriela perguntou, porém ninguém a olhou, o que a irritou ainda mais.

– Panquecas. Para mim está perfeito! Qualquer coisa desde que possa admirar você. – Daniel continuou encarando a mulher que anotava o pedido, sorrindo timidamente, deliciada com sua atenção.

– Claro! Vou providenciar. – Só então a mulher voltou a sua atenção para Gabriela, demonstrando má vontade. – E você? – torceu a boca, movimento petulante que escandalizou Gabriela.

– Nada de panquecas. Fico com o *Cheeseburguer.*

– Volto em breve com os pedidos, senhor…?

– Daniel. Não demore – ele voltou a sorrir encantadoramente, as palavras repletas de promessas. A garçonete suspirou e piscou várias vezes.

– Claro, Daniel!

Gabriela ficou observando-a se afastar sem acreditar no que havia presenciado.

– Daniel – ela disse imitando o tom meloso da mulher. – Juro que pensei que ela teria um orgasmo ao pronunciar o seu nome.

– Não seria má ideia. Aliás, seria bem interessante.

Tentava parecer indiferente, saboreando cada gesto de Gabriela. Ele queria provocá-la e estava conseguindo. A moça se sentia visivelmente incomodada com a atitude do rapaz. Cruzou os braços e focou os olhos na paisagem do lado de fora. Após um bom tempo, resolveu quebrar o silêncio:

– Vamos direto para o Rio, ou você pretende passar outra noite em hotel?

Ele sorriu, gostando de ter a atenção da moça de volta.

– Pretendo dirigir direto, mas não sei como será. Já estamos bem atrasados.

Ela fez uma careta, e o gesto cortou o coração de Daniel, que entendia o quanto era difícil para Gabriela ficar sob a custódia dele. Ou seja, sem dinheiro para pernoitar, passaria mais uma noite à custa dele. Imediatamente decidiu que não a forçaria mais. Faria tudo transcorrer naturalmente, como se estivesse grato pela companhia e fizesse questão dela ao seu lado. Se bem que ele realmente fazia.

– Ainda bem que você está comigo. Seria um tédio fazer o caminho de volta sozinho. Pelo menos sua bipolaridade me diverte.

– Não parece. Talvez eu devesse ficar por aqui enquanto você se diverte com a garçonete.

Daniel sentiu o azedume naquelas palavras. Ele tinha conseguido provocar a ira da garota, embora não desfrutasse o prazer da vitória.

– Eu apenas brinquei com você.

Sem entender o porquê, sentiu-se constrangido. Gabriela não era a sua namorada, muito menos alguém a quem devesse explicações. Era apenas uma garota confusa e perdida à qual ele tinha dado uma carona. Mesmo assim, não conseguiu evitar o abatimento por vê-la tão furiosa com o que ele tinha feito.

– Você não brincou comigo, Daniel. Brincou com a garota que neste momento deve estar hiperventilando atrás da porta, retocando os lábios já extremamente carregados de batom e apertando as bochechas para ganharem cor. É maldade brincar com os sentimentos dos outros. Dar esperanças, fazer promessas quando não pode cumpri-las... – os olhos de Gabriela encheram-se de lágrimas. Havia dor e lembranças nada fáceis de serem revividas.

Por um segundo, Daniel se perguntou se aquela mágoa era mesmo direcionada a ele, e instantaneamente teve certeza de que sim. Só não sabia o motivo, já que eles se conheciam havia menos de vinte e quatro horas. Chegou à conclusão de que Gabriela, apesar de maluca e inconstante, era a mulher com quem ele havia se agarrado nas últimas horas, e isso os deixava em uma posição um pouco desconfortável para flertar com outras pessoas, como ele fizera. Ela estava se sentindo humilhada, e com toda a razão. Ele havia exagerado na dose.

– Desculpe! – foi sincero. A moça o olhou de uma forma diferente. A princípio ponderou o pedido, em seguida suas feições endureceram e ela deixou de ser a Gabriela frágil para ser a Gabriela inquisidora.

– Não é a mim que você deve desculpas – desviou os olhos ignorando-o.

– Posso servir? – a voz exageradamente doce da garçonete preencheu o silêncio. Gabriela fechou os olhos e respirou fundo. A mulher não tinha retocado apenas o batom, mas também havia aberto mais um botão do decote, passado mais rímel e tomado banho com o perfume enjoativo que usava.

– Claro – Daniel sorriu educadamente, sentindo-se mal. Ela tinha se produzido para ele, mas conseguiria somente mais uma decepção, e isso o entristeceu.

Gabriela estava estranha. Encontrou os olhos envergonhados de Daniel e sorriu com malícia. Ele estreitou os seus sem saber o que se passava na cabecinha doida daquela mulher.

– Como é o seu nome? – Gabriela perguntou de maneira agradável à atendente. Daniel ficou alerta.

– Allane – sorriu, visivelmente constrangida pela falta de atenção de Daniel e pela mudança de humor de Gabriela. – Posso ajudar em algo mais? – seus olhos não procuravam mais o rapaz, e sim encaravam os pratos que havia colocado sobre a mesa.

– Na verdade, sim – Gabriela tinha um brilho extra nos olhos e sorria com tanta gentileza que Daniel se assustou. – Meu amigo achou você muito bonita. Estávamos conversando sobre isso agorinha mesmo. Não é, Daniel?

O moço prendeu a respiração. Aonde Gabriela queria chegar com aquela conversa inoportuna? Ela sorriu, como um anjo, cheia de doçura e encanto.

– Hum! Sim. Sim – ele não teve coragem de olhar para a garçonete. Como Gabriela tinha dito, não se deve brincar com os sentimentos dos outros, e na verdade a mulher não o atraía em nada. A garçonete voltou a sorrir esperançosa e até corou diante do elogio.

– Obrigada! – desviou os olhos e encarou a caderneta que tinha tirado do bolso.

– E você é mesmo muito bonita, Allane. Por isso gostaríamos de te fazer uma proposta. – Os olhos de Daniel se arregalaram. Ele sabia que Gabriela aprontaria mais uma das dela e não estava certo se queria estar ali para descobrir o que seria daquela vez. – Nós somos um casal aberto, sabe? Não nos importamos com quem o outro vai levar para a cama, desde que seja com o devido respeito. Não é mesmo, meu bem?

– Gabriela... – ele tentou repreendê-la, sabendo que tudo já estava perdido.

– Daniel queria lhe fazer um convite, mas ele é muito tímido. – A essa altura, a atendente já estava roxa, a respiração entrecortada, sem acreditar no que a mulher diante dela dizia. – Não conseguimos decidir qual dos dois deveria levá-la para a cama. Ele quer muito, e admito que eu também. Então concluímos que seria muito interessante, além de satisfatório, se nós três dividíssemos o momento. O que acha?

Daniel fechou os olhos e soltou um palavrão, bem baixinho. A garçonete ficou tão chocada que não conseguiu dizer nada. Seu rosto completamente rubro revelava a boca semiaberta, em choque.

– Veja bem... Allane, não é isso? – Daniel levantou-se decidido a desfazer aquela loucura. – Gabriela é...

Mas a moça, sentindo-se humilhada e até profanada, deferiu-lhe um tapa, que acertou seu rosto em cheio. Em seguida, saiu batendo os pés, deixando para trás uma Gabriela vitoriosa e um Daniel completamente espantado.

Capítulo 5

– Daniel, você vai passar a viagem toda sem falar comigo? – Gabriela tentava pela oitava vez, sem sucesso, fazer o companheiro conversar com ela. O rapaz estava taciturno, irado, enfurecido... – Caramba! Tudo isso por causa de uma brincadeirinha? – Ele soltou uma risada breve e abafada, bastante irônica. – Foi você quem começou deixando a coitada pensar que teria uma chance. Acredite, foi melhor assim. Pelo menos agora ela não está chorando no banheiro dos fundos sentindo-se uma idiota por acreditar em você. É melhor ficar aliviada por ter se livrado de um casal de loucos do que sofrer de amor.

– O quê? Você não é normal, sabia? Meu Deus, Gabriela! Fique calada. Eu ainda estou decidindo sobre o que fazer com você, certo? É melhor não falar para não piorar sua situação.

– Quais são as opções?

– Matar você e enterrá-la no meio da floresta, em um lugar onde ninguém consiga achar seu corpo. Estou pensando seriamente nessa possibilidade, e se você continuar falando, eu ainda corto a sua língua e a enterro separada do restante do corpo.

– Nossa! Que instinto! Qual a outra opção? – ela não levava a sério o que ele dizia.

– Entrar no primeiro motel que eu encontrar e transar até o sol nascer. Não vai ser nada agradável para você, pois vou te amarrar, amordaçar e fazer tudo o que me der vontade.

– Não é de todo mal. Gosto da ideia de ser amarrada – sorriu deliciada coma promessa.

– E depois te matar e enterrar no meio da floresta, em um lugar onde ninguém consiga achar o seu corpo. Ah, claro! Com a língua separada.

– Isso é realmente ruim – riu como uma criança que tinha acabado de ganhar o presente de Natal.

– Você tem ideia do constrangimento que me fez passar?

– Que bobagem! Ninguém te conhecia. Daqui a dez anos as pessoas ainda vão rir do que aconteceu lá, sem se lembrar de você ou de mim.

– Isso sim é uma bobagem. Gabriela, eu tenho um nome a zelar, tenho uma reputação. Você...

– É como colocar a bunda para fora da janela em uma autoestrada, Daniel. Todo mundo vai mencionar o fato e a bunda. Vão dar muitas gargalhadas, mas ninguém vai associá-la a você, principalmente porque as lembranças estarão voltadas para a bunda.

Daniel gargalhou sentindo a raiva evaporar. Gabriela tinha um jeito ímpar de encarar a vida, e isso o divertia.

– Você já fez?

– Não – ela falou alto demais rindo descontroladamente.

– Sou capaz de apostar que já fez,Gabriela.

– Tá bom! Uma vez. Eu era muito jovem e meio rebelde. – Daniel riu ainda mais e o clima amenizou entre eles.

– Deve ter sido a coisa mais incrível que as pessoas por ali já visualizaram.

– Sim. Minha bunda é um espetáculo. – Eles riram curtindo o momento.

Daniel olhou-a rapidamente, constatando que, quando ela ria tão relaxada, era ainda mais bonita, dona de uma beleza singular. Exótica, sensual e, ao mesmo tempo, doce, infantil e frágil. Um verdadeiro tormento. Uma perdição.

– Não faça mais isso, por favor!

– O quê? Convidar uma pessoa para dividir a cama ou colocar a bunda para fora em uma autoestrada?

– Ambos! – ele voltou a rir, desfrutando a sensação.

– Que bom que você falou antes. Eu estava prestes a colocar a bunda para fora agora mesmo.

– Você teria coragem? – Daniel provocou

– Não. Eu era muito nova e estava bebendo...

– Falo de convidar outra mulher para dividir a cama – explicou Daniel, o corpo imediatamente reagindo às imagens projetadas por sua mente fértil.

Logo Gabriela ficou na defensiva.

– Não sou lésbica, se é o que quer realmente saber – anunciou de modo ríspido.

– Não é necessário ser lésbica para concordar em transar com um casal ou outra mulher. É só fantasia, desejo de inovar, conhecer algo novo...

– Que absurdo! – Pronto, a garota já estava, outra vez, na defensiva. – Eu nunca faria uma coisa dessas.

– Muitas mulheres fazem – ele sorriu provocando-a.

– Não sou esse tipo de mulher, Daniel. Sinto te decepcionar.

Ele parou o carro em frente a um motel isolado da estrada e a olhou com intensidade. A moça sentiu suas bochechas corarem e o coração acelerar.

– Eu quero entrar neste motel agora, Gabriela, e passar o restante do dia transando com você.

– Daniel...

– Espere – colocou o dedo indicador nos lábios dela impedindo-a de rejeitar a ideia. – Eu estou morrendo de tesão e você também. Nossa viagem vai terminar no máximo amanhã, é bem provável que não tenhamos outra oportunidade. Vamos acabar logo com essa hipocrisia e admitir que ambos queremos aquela cama mais do que qualquer outra coisa. Eu quero você, e quero agora!

Daniel tomou o rosto de Gabriela, enquadrando-o entre as mãos, e a beijou. *Deus, como eu gosto deste beijo,* ele pensou, deixando a sensação dominá-lo. Gabriela não resistiu. Afinal, ela também o desejava desde o primeiro instante em que o viu. Era inevitável segui-lo até aquele quarto e aceitar o que ele havia proposto.

Daniel conseguiu se afastar dela por alguns minutos enquanto alugava um dos chalés disponíveis. Depois, dirigiu até o local indicado, levando Gabriela, entre beijos, até a entrada. Bastou a porta fechar-se atrás deles para que o fogo arduamente reprimido tomasse conta do ambiente.

O rapaz reverenciou cada parte do corpo de Gabriela que mãos e boca conseguiam alcançar. Gabriela amou cada toque. Não existia medo, receio ou vergonha, apenas uma leve familiaridade, como se estivessem se reencontrando e não se conhecendo, como deveria ser.

Daniel segurava o corpo pequeno de Gabriela prendendo-o ao dele, forçando o máximo de contato entre ambos. Cuidadosamente, e nem ele entendia muito bem como podia ser tão cuidadoso em meio ao tesão desenfreado que sentia, retirou o blusão que ela usava e, com carinho, com carinho, tocou-lhe os seios. Ela arqueou o corpo, entorpecida de prazer.

– Linda! – Daniel repetia incansavelmente.

Gabriela explorava os músculos definidos dele e se maravilhava a cada avanço. *Espetacular! Lindo! Perfeito!* Ela o queria, como sempre quisera. Nunca deixara de querer.

Daniel tirou sua própria roupa, ficando apenas de cueca, e Gabriela não conseguiu impedir que um suspiro de surpresa escapasse ao vislumbrar o que ainda não tinha sido revelado.

Ele retirou o jeans da moça, sem esconder a ansiedade crescente, e observou-a deitada na cama. Seu corpo era magnífico. Uma completa harmonia. Cada detalhe do tamanho certo, da forma correta. Ela era deliciosa. Percebendo isso, tentou se concentrar o máximo possível, ou colocaria tudo a perder.

Gabriela tirava a sanidade de qualquer homem. Respirou fundo e beijou a barriga da companheira, passando a língua com cuidado, sentindo a pele dela arrepiar. *Fantástico! Agora ela me enlouquece de vez*, pensou preso à imagem daquela pele alva e sedosa, arrepiada de prazer.

Enquanto a observava tirar a calcinha, completamente nua, Daniel se surpreendeu com uma imagem. Uma tatuagem. Não grande e chamativa, contudo comprida, estreita, desenhando com letras cursivas uma frase que lhe circundava o quadril. De calcinha passava quase despercebida; sem ela a frase negra se destacava na pele translúcida: *"... rebolado é mais que um poema. Moça do corpo dourado..."*. As palavras não faziam sentido na mente dele.

– "Moça do corpo dourado do sol de Ipanema. O seu rebolado é mais que um poema" – Gabriela sussurrou para o amante. Para ele, pareciam um convite. Como se ela, estendendo a mão, o fizesse adentrar um mundo à parte, onde apenas o prazer era permitido.

Os olhos de Daniel sustentavam a admiração e o desejo que sentiam. Ele estava mais do que surpreso e deleitado com aquela tatuagem. Sem desfazer o contato, desceu o rosto até a imagem e depositou nela um beijo cheio de reverência.

Livrou-se da cueca, revelando a Gabriela o que ela tanto desejava conhecer. Os olhos de garota não conseguiam desviar-se. Ela lhe abriu o seu sorriso diabólico e sensual ao mesmo tempo.

– Oi, Will! Você nem imagina o quanto eu desejei te conhecer. – Olhou para Daniel provocante.

– Você é louca. Uma maluca gostosa dos infernos.

Daniel deitou-se sobre ela, deixando que seu membro roçasse a entrada, fazendo-a arquear o corpo ansiosa por mais contato.

– Por que não enlouquece comigo, Daniel? – a voz era extremamente sensual; ele sentiu a própria pele arrepiando.

– Você já me enlouqueceu há muito tempo, Gabriela.

Forçando-se contra o corpo dela, Daniel se movimentava enlouquecido de tanto prazer. Gabriela gemia e correspondia a todas as investidas, fazendo-o perder o juízo. Foi intenso, descontrolado e carnal. Em poucos minutos, o orgasmo os atingiu, ambos entregues a um prazer indescritível.

Essa não foi a única vez que transaram naquele dia. Como Daniel havia prometido, Gabriela teve um pouco dele durante toda tarde, noite, madrugada e início da manhã. O rapaz era muito carinhoso, sensual, e todas as vezes que se encostava nela, procurando seu calor, a garota cedia ardendo de desejo.

Estava maravilhado com Gabriela, seu jeito meigo e sensual, seu corpo quente e apertado, seus beijos deliciosos e seus toques aveludados. Ele não se cansava de estar dentro dela, nem de tocá-la. Era prazeroso demais. Com o dia nascendo, o rapaz ainda a tinha a garota em seus braços, sonolenta, mas entregue ao prazer que lhe era proporcionado. Seus toques mais lentos, porém não menos gostosos do que os primeiros. Ela era macia. Ele se saciava nela.

Dessa vez, Gabriela alcançou o orgasmo gemendo o nome de Daniel e contorcendo-se como uma gatinha buscando carinho, e ele ficou deslumbrado. Depois disso, adormeceu exausta.

Daniel ainda permaneceu olhando aquele rosto lindo, adormecido, desprovido de qualquer alteração de personalidade e humor. Ali era apenas a Gabriela, doce, pura e inocente, que Daniel havia conhecido nas últimas horas. Olhando o rosto ainda maquiado, o semblante calmo, ele se lembrou de quando tinha uma pessoa que amava em seus braços. De como ela dormia, de como se entregava ao amor... Gabriela era tão... Não. Não podia haver semelhanças entre elas.

– Não. Você não é a minha Lorena. Poderia ser. Eu até queria que fosse; infelizmente não é – acariciou o rosto de anjo. – Mas é tão linda e forte quanto. Porque eu sei que, por trás de toda essa loucura, existe uma Gabriela machucada por alguma história triste, assim como eu – sentiu o seu coração apertar. Deitou o rosto no peito da moça e adormeceu, ainda entre as pernas dela.

• • •

Despertou com o toque insistente do celular. Ergueu a cabeça e ouviu ao fundo o barulho do chuveiro. Gabriela estava no banho. Daniel sentiu seu corpo relembrar o que tinha acontecido entre eles, mas o ruído do toque do telefone o trouxe de volta à realidade. Com um suspiro resignado, reconheceu o número do pai e atendeu:

– Oi, pai.

– Daniel, o que aconteceu? – seu pai parecia preocupado do outro lado da linha.

– Nada, por quê?

–Você deveria ter chegado ontem, no mais tardar hoje pela manhã.

– Ahã? Ah! Parei para descansar ontem e tive alguns imprevistos. Acredito que chegarei hoje.

– Onde você está? – Ele ouviu a porta do banheiro abrir. Rapidamente se voltou àquela direção, a tempo de ver Gabriela sair de lá usando apenas uma camiseta comprida. Os cabelos molhados caíam-lhe até a cintura, e o aroma era maravilhoso. Aquele perfume... – Daniel?

– Oi, pai! Em algum lugar depois de Caxias do Sul – respondeu secando Gabriela com os olhos.

– Você ainda está em Caxias do Sul?

– Bom dia! – Gabriela falou um pouco mais alto do que o normal, percebendo os olhares de Daniel. Ele apenas sorriu em resposta.

– Não, pai. Já passei. Não sei exatamente onde estou. Parei para descansar um pouco; não é fácil dirigir tanto assim. – Mordeu os lábios, recordando o motivo do descanso. Gabriela. O seu maior problema em forma de mulher.

– Daniel, você não está aprontando nada, não é?

– Bom dia, Will!

Gabriela se aproximou sorrateiramente, aconchegando-se em Daniel como uma gata querendo carinho. Ele fez sinal para que a moça ficasse calada. Ela apenas riu, aproximando-se mais. Com cuidado, sentou-se no colo do companheiro, ficando de frente para ele, as pernas em torno do seu corpo. O rapaz revirou os olhos e tapou o telefone com as mãos.

– Gabriela, por favor! É meu pai ao telefone; fique quietinha.

Ela riu alto e ele quase teve um ataque.

– Filhinho do papai – ironizou.

– Quem está aí com você? Eu sabia. Você está aprontando outra vez. Eu juro, Daniel... – O moço não conseguia prestar atenção ao que o pai dizia, pois Gabriela, que estava curtindo muito deixá-lo sem jeito ao telefone, resolveu colocar as mãos no meio das pernas dele e brincar com a sua capacidade de concentração.

– NÃO! – tentou ser enfático, apenas pronunciando as letras para que parasse, o que só serviu para incentivá-la a continuar.

Gabriela se inclinou até a orelha direita de Daniel e falou bem baixinho:

– O papai não deixa, é?

Daniel ficou vermelho.

– Daniel, você está me ouvindo? – Murilo gritou do outro lado da linha.

– Estou – respondeu rapidamente sufocando um gemido. – Não estou aprontando nada. Olha, eu tenho que desligar, tá? Ligo para você depois. Tchau! – Desligou o telefone, jogando-o para o lado e agarrando Gabriela. – Um dia, Gabriela, eu juro que te mato.

– De prazer, Daniel, por favor! De prazer – buscou os lábios dele. Daniel, com um gemido forte, alimentou o desejo dela.

• • •

Depois de ambos estarem temporariamente satisfeitos, Daniel notou que Gabriela voltou se retrair. Ela estava calada, olhando fixamente para o teto, uma ruga entre as sobrancelhas. Daniel tocou seu rosto gentilmente, reivindicando sua atenção.

– O que foi? – sua voz estava suave, mas preocupada.

– Daniel, você é casado?

Ele riu da pergunta.

– Agora que se preocupa com isso?

– Droga! Você é casado. – Gabriela sentou-se na cama, cobrindo o rosto com as mãos.

– Não. Eu não sou casado – ele voltou a sorrir. – E não tenho namorada, nem nada do tipo. Satisfeita?

– E por que não disse logo?

– Só achei meio incoerente você me perguntar se eu sou casado depois de passar quase um dia inteiro na cama comigo. Que importância teria?

–Para mim, muita. Mais do que você imagina.

– Você não vai para cama com homens casados. É isso?

– Eu não sou como você está pensando. Não vou para a cama com qualquer um.

– Eu sou qualquer um e você me conheceu há pouco mais do que vinte e quatro horas – Daniel arqueou uma sobrancelha em desafio.

– Você não é qualquer um. Você é... – Gabriela parecia infeliz, distante, perdida em seus próprios pensamentos. – Você é Daniel.

Ele riu, mas gostou das palavras.

– Ótimo! E eu não vejo você dessa forma.

– E como você me vê?

– Como uma doida. A doida mais bonita, engraçada e gostosa que já conheci até hoje.

Gabriela riu, voltando a relaxar. Daniel admirou mais uma vez aquele riso infantil que cabia tão bem naquela Gabriela tranquila e feliz.

– Por que seu pai estava tão preocupado com você? Dava para ouvir os gritos dele.

– É uma longa história. A verdade é que eu já deveria estar em casa. Tenho uma reunião importante. Também fiz algumas merdas que obrigaram meu pai a ficar no meu pé.

– Problema com mulheres?

– Com uma determinada mulher, quer dizer, acho que agora tenho com duas – olhou sugestivamente para ela.

– Não serei um problema em sua vida, Daniel. Irei embora tão logo a gente chegue ao Rio de Janeiro.

Daniel apenas sorriu. Ele sabia que Gabriela seria sempre um problema em sua vida, mesmo que não fosse um tão grande como Raquel; em compensação, seria um ao qual ele se agarraria de bom grado. Ficou assustado com a intensidade dos seus sentimentos.

– Vou tomar um banho – disse. – Depois vamos comer em paz e viajar em paz, porque preciso estar em casa hoje.

– Claro. Não quero que seu pai te coloque de castigo.

– Talvez, Gabriela, eu te dê uma surra antes de te deixar ir.

– Imagino como seria.

Daniel revirou os olhos e foi para seu banho.

•••

De volta à estrada, o rapaz pensava em tudo o que teria de fazer quando chegasse em casa. Com os pensamentos reordenados e completamente relaxado, conseguia pensar com mais lucidez, por isso sabia a batalha que seria aquela reunião.

Convencer uma empresa como a Deliriu´s de que seria vantajoso se unir à Voyage para a produção de uma coleção completa de lingerie cor da pele em modelos sensuais era uma missão quase impossível. Todo homem sabia que lingerie cor de pele era "intesível", e Daniel não conseguia encontrar uma forma de convencer os executivos da Deliriu´s de que seria um bom negócio.

Para ele, esse contrato era mais do que importante. A Deliriu´s, a empresa de lingerie que mais vendia no mundo inteiro, era muito conceituada e estava disposta a fechar um contrato milionário com a empresa dele caso fizesse uma boa campanha. Daniel não sabia onde estava com a cabeça quando se deixou convencer por Milena de que esse era o caminho certo.

Gabriela, por sua vez, estava entregue aos seus pensamentos. Em breve eles estariam em casa, no máximo mais um dia de viagem, e então seria o fim. Como tudo de bom em sua vida, Daniel também terminaria antes, e não havia nada que pudesse fazer para mudar essa verdade. O medo em demonstrar para as pessoas quem realmente era a fazia investir em um caminho repleto de acontecimentos bizarros, que apenas serviram para que ele a visse como uma qualquer, embora tivesse afirmado que não era assim que a via.

Ela era uma maluca e tinha total consciência disso, mas o que poderia fazer? A vida tinha trabalhado de todas as formas para que isso acontecesse, moldando a sua personalidade confusa assim como um padeiro molda o pão. A moça já tinha se permitido demais e ido longe, muito além do que deveria. Não poderia dar mais nenhum passo.

– Em que lugar do Rio de Janeiro você mora? – Daniel puxou assunto. O silêncio de Gabriela o assustava.

– Não vou te dar o meu endereço.

Ele apenas riu. No fundo estava se acostumando com aquelas mudanças bruscas de personalidade e já conseguia identificar alguns sinais.

– Então... onde você trabalha?

– Sem chances.

– O que eu posso saber da sua vida além de que você costuma assaltar as malas de quem te dá carona para pegar camisas?

Gabriela deu risada, mas sentia-se constrangida com o fato de estar usando as roupas de Daniel.

– Minhas roupas estão sujas. Eu pensei que voltaria rápido. Não estava preparada para uma viagem tão longa.

– Sem problema, Gabriela; desde que eu possa tirá-las de seu corpo, por mim está tudo ótimo.

– Cruzes, Daniel! Você só pensa em sexo?

– Não. Penso em um monte de outras coisas, mas você se recusa a me dar algumas informações, o que reduz minhas opções quanto ao que pensar, além do fato de você ser muito boa de cama. – Gabriela ficou um longo tempo olhando para Daniel, aturdida com suas palavras. – O que foi?

– Você! – Ele a olhou ligeiramente sem entender. – Deixa pra lá, Daniel.

Gabriela levantou as mãos no ar e deixou que caíssem ao lado do corpo em sinal de derrota. Ela ficou incomodada com o que ele dissera, ainda que não tivesse entendido muito bem o motivo. Era para ser um elogio.

– Você me perguntou se eu era casado; acho que seria justo saber se você tem algum tipo de compromisso.

– Não – ela respondeu com tristeza na voz. – Não existem muitos caras decentes disponíveis – acrescentou com um sorriso que correspondia à sua tristeza.

– E isso conta? – um sorriso curto, mas genuíno, se formou no rosto dele.

– Muito! – Indignada, ela virou para a janela. Daniel achou por bem não atiçar aquela Gabriela enfezada.

– Estou brincando, Gabriela. Relaxe!

– Olha só quem está me pedindo para relaxar.

– Eu estou bastante relaxado – retrucou abrindo ainda mais o seu sorriso.

Então, passou a mão direita na perna dela. Acariciando-a através do jeans. Gabriela não recusou o contato, muito pelo contrário; o mínimo interesse dele por ela, ou o mínimo contato, mesmo que por cima das roupas, bastava para derrubar todas as suas barreiras.

Aquilo a assustava e, ao mesmo tempo, trazia-lhe paz. Por esse motivo, Gabriela fechou os olhos e entregou-se ao prazer de sentir as mãos dele acariciando suas pernas como quem acaricia um gato. E então ela teve uma ideia, ou uma vontade incontrolável, que a fez abrir os olhos e encarar Daniel, que imediatamente percebeu a malícia naquele olhar.

Capítulo 6

Daniel ficou perdido na intensidade do olhar de Gabriela por algum tempo, oscilando entre encará-la e admirar aquele rosto obstinado por alguma ideia com certeza indecorosa e encarar a estrada, para não se envolver em um acidente. A garota lançava para ele um sorriso extremamente sensual. Carnal. Cheio de desejo.

– O quê? – questionou cansado de esperar alguma atitude dela.

Na verdade ele tinha ficado bastante excitado com a reação de Gabriela e, ao mesmo tempo, confuso. Como ainda podia sentir tesão depois de tantas horas de puro sexo? Mesmo Gabriela sendo um furacão na cama, não era só isso. Apesar de doidinha, ela era carinhosa, charmosa, sensual, tudo ao mesmo tempo. Foi difícil conseguir voltar sua atenção para a estrada.

– Tenho algumas ideias... – ela confessou, quase sussurrando, o olhar percorrendo o corpo de Daniel, vagarosamente. Quando os olhos dela alcançaram o seu objetivo, passou a língua entre os lábios enlouquecendo seu benfeitor.

– Estamos no meio da estrada, Gabriela. Em uma pista de alta velocidade.

– Pensei que você era o controlado aqui. – Gabriela não esperou a resposta, passando a mão pelo meio das pernas dele. Daniel jogou o carro para o lado, perdendo o controle da máquina por um segundo, mas conseguiu reassumir imediatamente o volante e voltar para a pista. Ela riu maliciosamente. – Uau! Tem alguém aqui querendo brincar – provocou.

– Você quer causar um acidente? – Ele não conseguia ficar furioso com a garota. Não enquanto estava louco de desejo por aquela estranha desconhecida e só pensava nas coisas que gostaria de fazer naquele momento.

– Assustei você? – a moça intensificando o carinho, fazendo-o trincar os dentes. Ele fechou os olhos e respirou profundamente por um segundo.

– Você vai me fazer bater o carro. E sim, eu estou assustado.

– Não parece. O Will, com certeza, não quer que eu pare.

Gabriela encostou seu corpo na lateral do dele, passando a língua no seu pescoço para em seguida mordê-lo, arrancando-lhe um gemido de prazer.

– Quer brincar? – ele passou uma mão pela cintura da garota enquanto mantinha a outra no volante. – Venha cá – sussurrou em voz fraca e puxou a moça, direcionando-a para o que ele queria.

– Brincadeira perigosa, Daniel – Gabriela afirmou já abrindo o zíper da calça expondo o membro rígido de desejo. Daniel respirou profundamente. A garota o fazia mesmo romper barreiras.

– Não é o que você quer? – cerrou os dentes, sentindo a mão de Gabriela trabalhar nele.

Daniel sabia que precisaria de toda sua concentração para aquele tipo de brincadeira. A estrada estava quase deserta e não havia possibilidade de eles serem surpreendidos; era só manter a velocidade moderada e o carro na pista.

Gabriela não aguardou nenhuma reação de seu companheiro; ela estava consciente do que queria e sabia o que fazer para obter qualquer coisa do rapaz.

Massageando seu membro, alternando movimentos entre rápidos e curtos e demorados e longos, ela assistia a um Daniel entregue, lutando para manter o equilíbrio sem muito sucesso. Quando ele pensou que estavam no ápice da brincadeira, Gabriela o surpreendeu, passando a língua vagarosamente no membro, quase sem tocá-lo, para enfim colocá-lo completamente em sua boca.

Daniel gemeu tão alto que Gabriela chegou a acreditar que ele terminaria ali, naquele momento, ou então causaria um acidente levando os dois para o inferno, mas com muito esforço, que nem o rapaz acreditava ser capaz de exercer, conseguiu dar continuidade ao que desejavam.

Gabriela muito habilmente trabalhava em Daniel, que, enlouquecido de prazer, tirou o carro da pista parando entre as árvores que escondiam o que havia por trás delas. Sentindo o carro parar, a moça levantou a cabeça curiosa.

– Venha comigo – ordenou um Daniel à beira do descontrole.

Gabriela saiu do carro, obediente, sem saber o que ele pretendia. Em silêncio, Daniel virou sua companheira, deixando-a de costas, apoiada no capô do carro, e quase no mesmo segundo suas mãos desabotoavam a calça dela invadindo avidamente o seu corpo.

Foi a vez de a garota gemer. Com a outra mão, Daniel levantou os cabelos dela, deixando o pescoço livre, mordendo e lambendo o local. Gabriela, ainda de olhos fechados, se deixava conduzir por seu companheiro, seu amante.

Daniel conseguiu abaixar a calça de Gabriela o suficiente para que os dois pudessem finalmente se unir. Qualquer pessoa que visse a cena de fora ficaria encantada com tamanha entrega e paixão. Eles se encaixavam sem reservas, sem pudores e, por esse motivo, rapidamente alcançaram o êxtase.

Com a respiração ofegante, Daniel continuou acariciando-a. Ela aceitava o contato enquanto ainda o sentia da maneira mais íntima. Sabia que não devia, mas estava vulnerável àqueles encantos. Ele a abraçou com força e depois a virou para beijá-la como acreditava que a garota com quem dividia aqueles momentos únicos merecia ser beijada.

E foi assim que fez. Reivindicou para si os lábios carnudos e saborosos, não deixando de perceber o quanto a intimidade, o beijo e os toques eram demasiadamente gostosos, bem como a forma anormal de seu corpo reagir a tudo o que ela fazia. Até Gabriela interromper seus devaneios, olhando-o atordoada.

– Você não usou camisinha – havia pânico em sua voz. Daniel parecia prisioneiro dos encantos dela, ainda sentindo sua mente flutuar em sensações, e, por esse motivo, demorou algum tempo para assimilar o que ela falava.

– Desculpe! – Estreitou os olhos, forçando-se a entender o motivo daquele pavor, ainda não totalmente consciente do ocorrido. – Eu nem lembrei – completou com a voz baixa.

Daniel estava com medo da reação de Gabriela, que já havia demonstrado a sua imensa capacidade de passar de um polo a outro em segundos. Ele entendia que esquecer a camisinha tinha sido um erro grave, com consequências para ambos os lados, no entanto o fato estava consumado, e o melhor a fazer era encontrar uma forma de reverter parte do problema, já que nem tudo poderia ser resolvido.

– Como assim? Você não lembrou? Você não poderia ter esquecido – ela falou com angústia, o que evidenciava seu desnorteio.

– Calma, Gabriela!

– Calma? E se você me transmitir uma doença? Não. Pior. E se eu engravidar?

Daniel riu tentando controlar seu gênio. Como uma gravidez poderia ser pior do que uma doença? E esse era o ponto mais fácil de ser resolvido, já a transmissão de alguma coisa que poderia destruí-los...

Gabriela sabia como tirá-lo do sério, sendo irritante, psicótica e louca. Completamente maluca.

– Sem chances de você pegar alguma doença. Eu não saio por aí transando sem camisinha. Aliás, eu só transei uma vez sem camisinha, e aconteceu há muito anos. Quer saber? – Já sem paciência para continuar argumentando, o rapaz endireitou as roupas sem se importar com o momento especial entre os dois antes de perceberem a besteira que tinham feito. – Eu que deveria ficar preocupado. Mal te conheço. Não sei nada da sua vida. Sabe Deus que tipo de loucura uma pessoa como você é capaz de fazer.

– O quê? – Gabriela estava indignada com aquelas palavras. Daniel não sabia nada sobre ela, sobre os seus princípios, valores, sua história… Nada. Ele simplesmente tinha seguido em frente, construído uma vida certinha, em um mundo perfeito, enquanto ela… – Para seu conhecimento você é o… – parou no meio da frase como se estivesse prestes a revelar algo que não deveria.

Eles ficaram se olhando medindo forças. Existia uma angústia sufocante no olhar da garota. Uma mágoa impossível de ser curada e, justamente por perceber o quanto ela estava machucada, o rapaz recuou. Não era sua intenção fazê-la sofrer, muito pelo contrário. Daniel sabia que, por trás daquela máscara de mulher forte e decidida, existia uma garotinha perdida e amedrontada. E ele sentia um impulso irrefreável de protegê-la, de apagar todos os seus medos e dar a ela um mundo melhor.

– Preciso encontrar uma farmácia – Gabriela deu as costas e começou a caminhar em direção à estrada.

– Aonde vai? – ele gritou, confuso e perplexo com aquela atitude. Ela continuou andando sem se importar com o que poderia acontecer. – Gabriela? – correu em sua direção.

– Preciso comprar uma pílula do dia seguinte, nunca ouviu falar? – respondeu impaciente, sem interromper os passos. Daniel segurou no braço dela, forçando-a a parar e ouvi-lo.

– Gabriela, nós estamos no meio do nada. Onde imagina que vamos encontrar uma farmácia?

– Ai meu Deus, Daniel! Eu não sei de tudo. Pare de fazer perguntas difíceis e me ajude. – Gabriela continuava angustiada, desorientada, e seu semblante sofrido partiu o coração dele.

– Estou tentando.

– Me ajudar? Gozando dentro de mim? Obrigada!

Ela realmente conseguia fazer Daniel não se reconhecer. Em tão pouco tempo ele já agia como ela, oscilando entre duas personalidades, porque Gabriela tinha a capacidade de fazê-lo se derreter de compaixão e carinho para, no segundo seguinte, levá-lo quase a explodir de raiva. Aquele era um desses momentos.

– Por que você não me lembrou então da camisinha, em vez de ficar tentando me enlouquecer?

– Eu não sabia o que você estava fazendo. Você me colocou de costas, esqueceu? – ela gritou, e de novo seus olhares se sustentaram medindo forças.

Antes que um cedesse, os dois começaram a rir da situação absurda e da resposta dela. Gargalharam daquela maneira gostosa, extravasando tudo o que estavam sentindo, de modo que apenas a alegria e a paz permanecessem dentro deles. E assim exorcizaram aquele fantasma, deixando o riso lavar as suas almas.

Precisaram se apoiar na grama que cobria o chão, incapazes de se conter. Quando o riso foi cedendo, ambos, deitados, começaram a absorver o que sentiam e aos poucos pararam, contemplando o céu, abraçados, como um casal feliz.

Daniel puxou Gabriela para o seu peito e descansou, aproveitando o momento de paz. Ela deixou-se ser abraçada, confortada pela segurança dos braços daquele que tinha sido a sua única fortaleza durante anos. Por breves minutos, a garota se permitiu esquecer.

– Está mais calma? – beijou o topo da cabeça da moça em seus braços. – Eu prometo que amanhã cedo nós vamos procurar uma farmácia.

– Tudo bem. Não precisa ser na mesma hora mesmo – ela riu um pouco recordando o seu desespero. Daniel a apertou nos braços e, com uma mão transpassando seus ombros, pegou a mão da garota, entrelaçando seus dedos.

Em silêncio, admiraram o céu rosado, anunciando o final de mais um dia. *Quanto tempo ainda teriam?* Gabriela sentia um nó incômodo na garganta. A sensação de perda fez com que ela se aconchegasse ainda mais no peito dele, deixando que uma perna o prendesse ao corpo dela. Ele aceitou tais movimentos e correu os dedos pelos cabelos longos da menina.

– Vamos fazer um jogo? – propôs ciente de que toda a atmosfera havia mudado. Talvez aquele fosse o único momento que teriam para tentar dar aquele passo.

– Não. Você não tem camisinhas. – Apesar da voz embargada, Gabriela riu, e Daniel pôde relaxar.

– Não estou falando disso – ele riu um pouco, sem perder a serenidade, voltando a acariciar, ritmicamente, os cabelos dela. – Quero poder te conhecer melhor. Amanhã chegaremos em casa, e eu ainda não sei quase nada sobre você.

– E por que gostaria de saber?

Ele a sentiu trêmula e tensa. Não era o que ele queria, contudo não entendia o porquê de tanto mistério. O que havia acontecido de tão grave para que precisasse mentir? E por que não confiava nele? Já não tinha lhe dado provas suficientes de que seria seu companheiro? O que de tão errado existia na vida daquela menina?

– Não sei, mas mesmo assim eu quero. A proposta é a seguinte: você me conta por que não via o seu pai há muito tempo, e eu te conto uma parte muito importante da minha vida.

– Não quero ouvir sobre nenhum contrato megaimportante que fechou depois de uma batalha acirrada, Daniel. – Ela tentava encontrar uma forma de fugir daquela conversa, mesmo sabendo que era apenas questão de tempo. Talvez fosse melhor falar logo, quem sabe... Não. Nem assim.

– Ah, eu tenho tantas histórias de negociações bem–sucedidas que surpreenderiam você, no entanto não é sobre a minha fantástica carreira que quero te contar. Essas informações você encontrará em qualquer pesquisa na internet. Existe muito sobre mim por lá– suspirou, interrompendo o carinho que fazia na garota. – Eu vou te contar sobre um momento que só existe dentro de mim. Em meu coração. Faz parte da minha história e já há muitos anos não falo sobre esse assunto.

Gabriela ficou pensativa durante tanto tempo que Daniel imaginou que não aceitaria ou que o estava ignorando. Até que, movendo-se para o lado e deitando de costas na grama, com o olhar perdido no céu, ela começou a falar:

– Eu não via o meu pai porque ele me colocou para fora de casa quando eu tinha dezessete anos. – Daniel abriu a boca para falar, mas não encontrou palavras adequadas, então preferiu aguardar o restante da história. – Meu pai era um homem... – Gabriela hesitou mais uma vez, sem saber ao certo o que deveria revelar, ou como poderia contar sem esclarecer demais, então continuou: – Conservador. Ele tinha muito orgulho em dizer que era "à moda antiga", e isso valia para a família toda. Um dia ele descobriu que eu não era mais virgem... – ela torceu os dedos nos dele, como se buscasse forças.

Parecia envergonhada por revelar aquela parte da sua vida. Deixava claro o quanto era doloroso reviver os acontecimentos, mesmo assim, sentia-se decidida a continuar. Daniel não teve como evitar a comparação entre a mulher forte, sofrida e obstinada, que o enlouquecia e confundia com a intensidade das suas emoções, com aquela que estava em seus braços, contando seu triste passado. Gabriela parecia inocente, insegura e inofensiva. Daniel sentiu uma imensa necessidade de confortá-la.

– Como seu pai descobriu? – ele perguntou para não se perder em indagações e dúvidas. Sua cabeça fervilhava com as informações que ela lhe fornecia.

– Da pior maneira possível. Eu engravidei. – Um silêncio pesado se estabeleceu entre eles, só quebrado, após alguns minutos, pela voz de Gabriela: – Passei mal na escola e me levaram ao hospital. Não desconfiava do que me aguardava, mesmo depois de vários dias sem me sentir muito bem e com um sono exagerado... Quando meu pai chegou para me ver, preocupado com minha saúde, recebeu a notícia que classificou como a pior da vida dele.

– Você tem um filho? – o rapaz a interrompeu, incapaz de se controlar.

– Não – ela aguardou outras perguntas. Como ele não se manifestou, decidiu continuar – Meu pai foi embora do hospital sem esperar por mim. Quando cheguei em casa, minha mala já estava pronta, perto da porta. Ele e minha mãe discutiam no quarto. Da porta de casa eu podia ouvir os seus gritos. Pelo que pude entender, minha mãe era contra sua decisão de me expulsar. Subi as escadas tentando pensar em algo que evitasse todos aqueles problemas, aí minha mãe saiu do quarto dizendo que, se eu fosse embora, ela também iria. Meu pai ficou muito nervoso e em determinado momento se descontrolou, batendo nela. Não com muita força, mas o suficiente para que ela fosse arremessada escada abaixo, levando-me junto na queda. O resultado final foi que eu perdi a criança e minha mãe fraturou a bacia, não conseguindo ficar de pé por muito tempo. Mesmo com todos os acontecimentos, meu pai não voltou atrás em sua decisão e me expulsou de casa tão logo obtive alta, e minha mãe nada pôde fazer. Depois disso só o vi novamente quando a minha mãe faleceu. Eu não pude comparecer ao enterro; ele não permitiu. Fiquei de longe e, assim que todos se retiraram, consegui chegar ao túmulo e depositar flores. Nunca mais voltei a vê-lo. Agora ele morreu e eu herdei uma casa que não quero. Por isso a coloquei à venda.

Gabriela calou-se e voltou a observar o céu. Daniel tinha muitas perguntas, mas não se sentia à vontade para fazê-las. Ele podia perceber na voz de garota o quanto aquilo ainda a machucava e, depois de tudo o que ouviu, pôde entender melhor o quanto a vida tinha contribuído para que Gabriela tivesse tantos problemas de personalidade e, principalmente, por que ela tentava se esconder por trás de uma máscara.

– Sua vez – ela disse por fim.

O rapaz suspirou pesadamente. A carga de emoções trazida por aquela trágica história havia abalado sua estrutura emocional. Como tinham um acordo, decidiu que o melhor a ser feito era falar logo de uma vez.

– Bem… – Daniel não sabia ao certo se deveria ou não contar a ela o que tinha pensado em revelar –, minha história não é tão fantástica quanto a sua, nem tão sofrida… Ao menos eu acho que você vai pensar assim – riu sem humor. – Você me perguntou por que vivi alguns anos em uma cidade pequena como aquela onde nos encontramos, e vou te contar uma parte da minha vida. – Gabriela se virou para Daniel demonstrando interesse. – Eu fui morar lá ainda muito novo. Meu pai, o Dr. Murilo, é médico, como eu já te contei, e recebeu uma proposta muito boa para chefiar a ala de cardiologia do hospital da cidade. Ele tinha duas pequenas clínicas que poderiam funcionar normalmente sem sua presença, e esse trabalho seria muito importante para o seu currículo. Moramos cinco anos naquele lugar. Eu tinha doze anos quando fui para a escola da cidade.

Daniel hesitou, os pensamentos transportados para aqueles dias. O coração bateu forte, como sempre fazia quando as recordações se projetavam em sua mente.

– Foi a primeira vez que vi a garota mais incrível que já conheci. Lorena Miranda. – Gabriela estremeceu em seus braços e enterrou o rosto no peito do seu companheiro, que a olhou rapidamente com carinho. – Lorena era linda, e nem preciso dizer que me apaixonei no primeiro minuto ao seu lado. Ela era enigmática, tímida, sempre corava quando ficava sem graça, e eu a venerava. Lori tinha um histórico difícil. Um pai extremamente religioso e violento que não permitia nenhum tipo de relacionamento entre ela e qualquer garoto da cidade. Mais ou menos como o seu pai...

Ele parou um instante, tentando estabelecer algum vínculo entre as duas histórias, mas rapidamente desistiu. Não havia semelhanças entre as duas.

– Nós dois nos apaixonamos e não conseguíamos ficar separados, embora Lorena tivesse muito medo do pai, e devo confessar que eu também. Ele era de matar de medo qualquer adolescente da nossa época – riu sozinho com as lembranças. – Concordei em manter o nosso amor em segredo, afinal de contas, mesmo admitindo que também me amava, ela demorou muito a ceder e aceitar que não conseguiríamos ficar separados. Nosso primeiro beijo foi aos treze anos, e ainda posso descrever exatamente como me senti naquele momento. São lembranças que tiveram um efeito irreversível, marcando-me para sempre.

Gabriela voltou a sua posição inicial, deitada de costas observando o sol poente em um céu que já apresentava os primeiros brilhos das estrelas.

– Resumindo, com dezessete anos, quando já namorávamos sem ninguém saber há quatro anos, concluímos que estávamos preparados para a nossa primeira relação sexual. Na verdade apenas sabíamos que estávamos preparados e deixamos acontecer. Esse é mais um momento que posso detalhar com muita precisão. Todas as noites, eu subia escondido para o quarto dela e lá ficávamos até o sol começar a nascer. Era a única maneira de estarmos juntos. Foi assim que fizemos amor pela primeira vez. Incrível! Perfeito! E eu me senti completo. Porém, como tudo que é bom na vida dura pouco, dois meses depois terminamos mais um ano colegial e nos preparávamos para encarar a última série. Fizemos muitos planos, seria o nosso último ano naquela cidade pequena demais para o nosso amor, iríamos para uma faculdade no Rio de

Janeiro, ou em Santa Catarina, ou em qualquer outra cidade que nos colocasse longe dos olhos do pai dela e da sua supervisão exagerada.

Ele parou, perdido em pensamentos. A parte seguinte era a mais difícil e ainda o atormentava. Gabriela não pôde ver, mas Daniel fez uma careta de dor. A tristeza e a culpa que o perseguiam muitas vezes conseguiam tirar-lhe o fôlego.

– Um dia, meu pai chegou mais cedo em casa e avisou que voltaríamos para o Rio de Janeiro, para que eu pudesse estudar num colégio que me prepararia melhor para uma faculdade pública e mais conceituada. Com o sucesso das clínicas e a experiência adquirida no hospital, resolveu que era hora de expandir. Na verdade havia surgido uma oportunidade impossível de ser recusada: ter o seu próprio hospital. Não dava para continuar longe de tudo. Tentei argumentar. Não queria ir embora. Não enquanto Lorena não pudesse me acompanhar, e ela precisaria completar dezoito anos para fazer isso sem que outras pessoas pagassem por suas decisões. Meus pais não sabiam do nosso relacionamento. Não dava para contar, pois, conhecendo meu pai como conheço, ele daria um jeito de contar ao pai dela, julgando ser o mais correto. Como eu não contei, ele não cedeu às minhas tentativas de persuadi-lo. Depois de alguns dias me dei conta que nada poderia fazer. Tentei me acostumar com a ideia, e repetia para mim mesmo que não estaríamos tão distantes. Coloquei em minha cabeça que sempre poderia voltar para visitá-la. Nosso amor era forte o suficiente para passar por essa prova.

Daniel suspirou incomodado com o rumo da história. Gabriela estava imóvel, a respiração quase inexistente, o coração pulando em seu peito repleto de amargura.

– Eu fui um covarde. Não tive coragem de contar a Lori que iria embora e deixei que a mentira se estendesse além do que deveria, permitindo a ela que continuasse com os planos, os sonhos... Faltando apenas uma semana para terminar o ano letivo e para minha partida, chamei Lorena e contei o que estava acontecendo. Não preciso te dizer o quanto ela ficou decepcionada. Disse que eu era um fraco e me acusou de diversas outras coisas. Doeu muito ouvi-la, porém nada poderia ser feito. Cheguei a acreditar que, se eu fosse embora, ela sofreria menos; claro que fui um cretino pensando assim. No último dia consegui fazer com que ela ao menos falasse comigo e tivemos uma conversa madura. Nada prometemos um ao outro, como eu queria, mas reafirmamos o nosso amor. E saí daquela maldita cidade com a certeza de que em breve voltaria para buscá-la. O que não aconteceu. A escola ocupava todo o meu tempo. A cobrança de meus pais para que eu levasse os estudos a sério, para que aproveitasse a chance, estava me sufocando. Quando eu conseguia estar em casa, meu pai sempre dava um jeito de preencher minhas horas vagas. O resultado da cobrança exagerada, somada à falta que eu sentia de Lorena, me levou a uma depressão profunda. Meu pai, bastante assustado, tentava me ajudar de todas as formas, mas nunca era o suficiente. Minhas notas despencaram, eu não tinha rendimento, emagreci muito e passei a adoecer com frequência. Até que, desesperado, contei a ele sobre o meu relacionamento com Lori. Falei de toda a saudade que eu sentia, dos nossos sonhos, planos... No dia seguinte voltamos àquela cidade. Meu pai estava decidido a convencer o pai da minha namorada a deixar que ela partisse conosco, mesmo que para isso tivéssemos de nos casar. Parecia um sonho, mas infelizmente o pesadelo só piorou. Para meu desespero, quando chegamos, o pai dela estava bêbado na porta de casa e disse que a filha tinha virado uma prostituta e fugido de casa com um caminhoneiro que havia passado pela cidade.

Daniel fitou as estrelas e seu brilho ainda fraco.

– Não consigo acreditar no que ele disse. Nada disso combina com a minha Lori. Sem notícias, fomos embora e eu me forcei a seguir em frente, jurando que um dia a encontraria. O fato é que nunca mais consegui encontrá-la. E a história acabou se perdendo no tempo.

Gabriela limpou discretamente a lágrima que escorreu por seu rosto. Era difícil ouvir dele tudo que tinha sonhado ouvir durante anos. Em suas fantasias, aquela história seria contada de diversas formas. Seria cobrada, jogada na cara dele, mas a realidade é que, naquele momento, ela apenas lutava para não chorar. Para não extravasar toda a sua mágoa.

– Você nunca mais a viu? Acredita que nunca se cruzaram em nenhum lugar? Ela sabia onde você estava. Por que acha que não te procurou? Você não pensa na possibilidade de que em algum momento da sua vida possam ter estado frente a frente e não se reconheceram? Ou você não a reconheceu? – Gabriela estava angustiada, falando sem conseguir ordenar perfeitamente bem suas ideias. Como ele pôde deixar seu amor se perder no tempo, conforme tinha afirmado? Ela, no entanto, nem por um segundo o havia esquecido.

– Duvido muito de que isso tenha acontecido ou aconteça.

– Por quê? – A resposta dele lhe causou indignação.

– Porque eu nunca me esqueceria do rosto de Lorena. Nunca passaria por ela sem notá-la. E, com certeza, se meus olhos me traíssem, o que é pouco provável, meu coração a reconheceria imediatamente.

Gabriela se calou virando para o lado e deixando escapar algumas lágrimas. Daniel a abraçou sem perceber nada e beijou seus cabelos. Ela sentia uma dor profunda. Aquela ferida nunca fecharia, principalmente pela certeza de que não poderia jamais voltar a ser a mesma Lorena Miranda, doce, meiga, que Daniel conhecera. A única mulher que ele amara tinha sido enterrada no seu passado. A que estava ali, em seus braços, era apenas uma sombra, o resquício do que um dia ela fora.

– Precisamos ir. Perdemos muito tempo e teremos que parar em algum lugar para passar a noite.

Gabriela apenas obedeceu. Daniel depositou um beijo casto nos cabelos dela e levantou-se. Ela fingiu arrumar as roupas, escondendo o rosto molhado.

Voltaram para a estrada, cada um perdido em seus próprios pensamentos, deixando o silêncio construir uma parede entre eles.

Capítulo 7

Daniel não queria interromper o silêncio de Gabriela. Ele imaginava como fora difícil para ela revelar aquele momento do seu passado, que tanto lhe dificultara a vida. Seus sentimentos eram uma mistura de compaixão e empatia, além de um nó na garganta que o impedia de dizer qualquer coisa. Em pouco tempo ele estaria de volta a sua rotina confortável. As viagens cansativas de carro não seriam mais necessárias, com Raquel finalmente fora do seu caminho. Tudo voltaria ao normal.

Quanto à Gabriela, seu destino era incerto. Voltaria para uma vida que poderia ser um inferno. Ele não fazia ideia de como ela vivia, mas imaginava que a garota não tinha nem a metade do conforto que ele usufruía. Isso o entristeceu, deixando-o meio apático. Ela só voltou a falar quando pararam em um hotel de uma cidade próxima a Curitiba. Daniel não aguentava mais dirigir. Estava muito cansado.

– Por que paramos?

– Estou exausto. Sei que deveríamos prosseguir, mas os últimos acontecimentos absorveram todas as minhas forças – deu a ela o sorriso perfeito, que desarmava qualquer um.

– Por que não me deixa dirigir?

– Não confio em ninguém ao volante do meu carro. Desculpe! Não é nada pessoal. – Daniel passou as mãos pelos cabelos piscando várias vezes como que para espantar o sono. – Vamos?

– Pensei que confiasse em mim – Gabriela cruzou os braços sem fazer nenhum movimento para sair do carro. Daniel riu pensando se teriam realmente aquela conversa outra vez. – Estou falando sério, Daniel. Como posso confiar em você? Nós estamos em uma relação em que a confiança deveria ser o lado forte. Você não me conhecia e mesmo assim me deu uma carona. E eu, apesar de não conhecê-lo, concordei em entrar em seu carro, dormir no mesmo quarto e tudo o mais. Deveríamos confiar um no outro.

Ela falava sem parar, enquanto Daniel só pensava no quanto precisava de uma cama. Tendo consciência de que Gabriela não cederia e que provavelmente criaria o maior caso com toda aquela conversa sobre confiança, aproximou o seu rosto do dela, segurando-o com as duas mãos. Os lábios de ambos quase se tocavam.

– Gabriela – sussurrou –, está fazendo um friozinho muito gostoso para dormir agarradinho, seria maravilhoso te dar prazer ouvindo o barulhinho da chuva do lado de fora e, além do mais, nós dois merecemos um banho quente, em uma hidro. – Deu um leve beijo nos lábios da garota. – Só nós dois.

Gabriela não conseguia se esquivar. Ela sabia que ele estava tentando seduzi-la para evitar uma discussão maior, mas mesmo assim não conseguia se negar àquele homem encantador. Suas promessas eram tentadoras. Chegava até a visualizar os momentos que ele descrevia sussurrando em seus lábios.

Daniel era como um veneno que corroía cada parte do corpo dela, deixando claro que a única saída seria a morte, mas ao mesmo tempo ele era também a cura, em doses homeopáticas, fazendo dela uma eterna dependente. Estava perdida. Tinha lutado por vários anos contra aquela situação, e agora se via inebriada e ansiosa por ela.

Quando Daniel terminou de falar, Gabriela, estática, apenas o encarava sem ao menos ousar respirar com mais intensidade.

– Vamos? – Daniel sugeriu.

– Por que você faz isso? – ela questionou ainda aturdida.

– Isso o quê? – ele acariciava o rosto dela com bastante cuidado, como se pudesse quebrar.

– Me deslumbrar. Não é justo.

Daniel pela primeira vez, olhando nos olhos de Gabriela, conseguiu enxergar uma pequena parte de quem ela realmente era. A garota não estava mentindo naquele momento, nem tendo uma das suas constantes mudanças de personalidade. Era somente a verdadeira Gabriela, e a sua fragilidade tocou profundamente o coração dele.

– Por que não?

– Porque dentro de algumas horas estaremos nos despedindo. Não preciso de mais traumas em minha vida.

Os lábios de Daniel se comprimiram em uma linha fina. Ele não queria magoá-la, nem ser o responsável por mais recordações ruins. Mas via a verdade no que ela dizia. Eles teriam de se despedir. Não havia lugar na vida dele para as loucuras de Gabriela, apesar de se sentir cada vez mais fascinado.

– Você já leu *O Pequeno Príncipe*? – Gabriela murmurou sem desviar os olhos dos dele.

Daniel suspirou pesadamente fazendo uma careta, quebrando o contato visual.

– "Tu te tornas eternamente responsável por aquilo que cativas." Sim, eu já li, e pelo que me lembro você disse que não costuma ler muito, no entanto deu várias dicas de que era mais uma mentira – riu mudando o rumo da conversa.

Ele não queria continuar falando sobre isso, principalmente porque não queria, nem sabia como, dizer adeus à Gabriela. E realmente se sentia responsável pelo que estava acontecendo entre os dois.

– Podemos continuar quando estivermos na banheira? Estou realmente precisando de um banho quente. – Gabriela riu sapeca, mudando completamente de humor. Pronto, ela tinha assumido outra personalidade, e era exatamente disso que Daniel precisava naquele momento.

– Duvido muito que consiga conversar sobre algo coerente quando estiver comigo na banheira.

Beijou os lábios dela sentindo a familiar doçura que eles transmitiam. Desceu do carro, correndo até a porta do carona, na chuva fria e fina, abrindo-a para que Gabriela descesse. Ela sorriu, encantada com o tratamento cortês. Juntos foram em busca de um quarto onde poderiam cumprir tudo o que fora prometido naquela noite.

•••

Durante a madrugada, Gabriela continuava acordada, pensativa. Daniel tinha apagado horas antes devido à exaustão. Ela ainda não conseguira dormir. A história que ele havia contado mais cedo, enquanto estavam deitados na grama, martelava seus pensamentos.

A garota sentia que estava em uma zona de perigo, que mais cedo ou mais tarde as contas seriam ajustadas, só não sabia se era isso mesmo que desejava. Daniel não era homem para ela, assim como ela, definitivamente, não era mulher para ele. Por outro lado, o que poderia fazer? Estava envolvida até o pescoço naquela aventura e não conseguia se imaginar saindo dela, ao menos não antes do fim, quando a carona realmente terminasse e os dois tivessem de voltar para as suas vidas.

A única decisão que conseguiu tomar era que teria de se mudar do Rio de Janeiro. Não havia espaço para eles dois na mesma cidade.

Pela manhã Daniel estava distante. Na verdade ele havia pensado bastante no nível de envolvimento dos dois e decidido não deixar que fosse mais longe. Seria injusto com Gabriela envolvê-la demais para depois abandoná-la à própria sorte. Eles se separariam em breve, então que a separação começasse o quanto antes.

E isso principalmente porque ele acreditava que primeiro deveria haver uma separação sentimental e psicológica, e só depois a física. Assim não doeria em nenhum dos dois. Foi pensando nisso que decidiu agir de maneira tão inusitada.

Precisava abastecer o carro e comprar algumas coisas para a viagem. Quando estava estacionando, viu uma garota usando um short jeans desfiado nas pontas e uma regata justa, além de um casaco comprido que dava a ideia de que ela estava nua quando virava de costas. Sustentava em um dos ombros uma mochila grande. O corpo era escultural, e os cabelos longos e loiros chegavam até a cintura.

Era o tipo de mulher que Daniel não hesitaria um segundo em levar para cama, isso antes de conhecer Gabriela. Tal constatação o assustou. Será que ele estava mais envolvido do que pensava? Ainda confuso, continuou olhando para a garota parada à beira da estrada, prestes a pedir carona.

– Perdeu a pressa de voltar para casa? – Gabriela elevou a voz ao perceber o que prendia tanto a atenção de Daniel. Mal sabia ela que o motivo do estado dele era outro. O sentimento que ele percebia crescer e se apossar dele. – Daniel? – elevou mais a voz. – Por que não oferece uma carona a ela e acaba logo com isso?

A garota estava irritada. Sabia que nada poderia cobrar dele, só que assistir ao seu interesse por outra mulher era mais do que poderia suportar. A atitude de Daniel lhe cortava o coração. Ela não entendia por que havia mudado tanto. Na noite anterior tinham se entregado um ao outro com paixão. Ele fora gentil, delicado, amoroso... Perfeito! Como poderia mudar tão rapidamente?

– Acho que é o que vou fazer – Daniel sentiu um aperto no coração, mas, mesmo assim, sorriu daquela maneira única, que tanto a encantava. – Abasteça o carro enquanto compro algumas coisas.

Gabriela não respondeu, e ele também não a esperou, saindo do carro em direção à loja de conveniências e deixando para trás uma garota com o coração esmigalhado.

Precisariam de comida e água para a viagem, já que pretendia reduzir o número de paradas. Pensou em coisas das quais Gabriela poderia precisar; indeciso sobre o que comprar, demorou mais do que o necessário dentro da loja. Não viu quando a garota lá da estrada entrou, parando na mesma seção que ele. Ela o observava com interesse e fingiu procurar algo nas mesmas prateleiras em que Daniel se encontrava.

– Oi – disse casualmente.

– Oi – respondeu sobressaltado ao ser retirado de seus pensamentos.

– Viajando sozinho?

– Hum! Não... Na verdade estou dando carona a uma... amiga.

– E por acaso teria lugar para mais uma? – Daniel não sabia ao certo o que responder. Olhou a moça com dúvida. Poderia ser a sua chance. – Não vou atrapalhar, eu prometo.

– Eh... – ele não conseguia parar de pensar em como Gabriela se sentiria. – Acho que minha "amiga" não vai ficar muito satisfeita com isso. Por que não pega um ônibus?

– Eu me viro. De qualquer forma, obrigada. – A garota não pareceu muito satisfeita com a resposta dele e saiu, batendo os pés, caminhando de volta para a estrada.

– O que essas garotas têm contra os ônibus? – ele se questionou, novamente procurando coisas para a sua companheira.

Daniel não percebeu que Gabriela acompanhava a conversa dele com a garota do lado de fora da loja. Quando voltou ao carro, ela não estava mais lá. Olhou ao redor, sem avistá-la nas proximidades. Não ficou assustado, pois a garota poderia estar no banheiro, ou na lojinha. Por isso se encostou ao carro e resolveu esperá-la enquanto conferia as mensagens de e-mail em seu celular.

Vinte minutos depois, para espanto de Daniel, Gabriela ainda não havia voltado. Então, ele resolveu procurá-la. Primeiro voltou à loja de conveniências, contudo ela não estava lá. Perguntou ao atendente, que lhe disse não ter visto a garota em questão. Foi até o banheiro para verificar se havia algo de errado com ela. Uma mulher que estava saindo no instante em que ele chegou lhe informou que não havia mais ninguém lá dentro.

Daniel entrou em pânico. *E se alguma coisa aconteceu com Gabriela? E se ela foi sequestrada?* Ele não suportaria a culpa, não quando estava buscando um jeito de se afastar dela. Não sabia o que fazer.

– Procurando a garota que estava com você? – um rapaz alto e forte, de pele morena, se aproximou ao perceber que Daniel estava aturdido. – Ela pegou a mochila no fundo do carro e foi embora. – Daniel olhava confuso para o rapaz. *Como assim, foi embora?* – Eu a estava observando – confessou constrangido. – Vi quando entrou na loja e depois saiu apressadamente.

– Em que direção ela foi?

– Para lá – apontou na direção contrária à que Daniel e Gabriela estavam indo.

– Tem certeza? – Por que aquela maluca iria seguir em direção contrária ao seu destino? O que ela estava fazendo?

– Absoluta!

Daniel entrou no carro e sem hesitação deu a volta refazendo o caminho percorrido. Gabriela não poderia estar longe, a não ser que tivesse conseguido outra carona. O coração dele ficou apertado. Não sabia ao certo se era pelo fato de ela sumir da vida dele ou pela possibilidade de algo de ruim acontecer-lhe. Sentia-se péssimo por ter imposto a distância que se estabelecera entre os dois.

A estrada estava deserta, permitindo-lhe que dirigisse em alta velocidade, mas não precisou de muito tempo para avistá-la andando na pista, sozinha, levando a mochila às costas. Daniel reduziu a velocidade e se aproximou vagarosamente para não assustá-la.

– Gabriela! – gritou de dentro do carro. Ela apenas olhou para ele, mas seguiu andando sem se importar com a sua presença. – Gabriela! – voltou a gritar sentindo o desespero tomar conta de si. – Entre no carro – ordenou. Mais uma vez Gabriela ignorou Daniel, que ficou furioso com tal atitude. – Não me faça descer e te colocar à força para dentro do carro.

Ouvindo a ameaça, Gabriela deu meia-volta, invertendo a direção, e assim evitou que Daniel continuasse acompanhando-a. O rapaz, enfurecido, parou o carro no meio da estrada e saiu para a chuva fina que começava a cair. Indignado, caminhou em passos largos na direção da moça.

– O que aconteceu? Tem ideia do meu desespero quando descobri que tinha desaparecido?

– Pensei que tivesse algo melhor para fazer – Gabriela respondeu sem deixar de seguir em frente. Nem olhou no rosto de Daniel, ignorando-o por completo.

– Do que você está falando?

– Da sua nova amiguinha. Eu não queria ser a empata, Daniel. Volte e dê continuidade ao que você estava fazendo.

Daniel passou as mãos pelos cabelos tentando ter se acalmar. Ele tinha culpa de ela pensar daquela forma, mas isso não era motivo para que fugisse dele, para que o abandonasse. Só de pensar nisso seu coração afundou no peito.

– Eu não fiz nada, Gabriela. Você imaginou.

– Com certeza, Daniel – riu sarcástica. – A louca, com distúrbio de personalidade, conseguiu imaginar você conversando com aquela vadia. O que pensou? Em me colocar em outro quarto enquanto se divertia com ela? Ou que eu não me importaria em participar da sua festinha?

– O quê? Você... Você é tão absurda, Gabriela!

– Por que não vai à merda e leva sua amiguinha junto? – Gabriela voltou a andar acelerando o passo. A chuva engrossou.

Daniel abriu a boca para responder, mas, antes que conseguisse se concentrar no que fazia, percebeu um carro preto passar por eles, diminuindo a velocidade. Havia três pessoas dentro do veículo. O rapaz sentiu seu couro cabeludo arrepiar e seus músculos enrijecerem. O forte pressentimento de que algo de ruim estava para acontecer o atingiu.

Imediatamente voltou sua atenção ao carro e aos homens que desciam dele. Se ao menos conseguisse entrar no seu carro e convencer Gabriela a segui-lo... Infelizmente alguma coisa lhe dizia que essa não seria uma alternativa.

Antes de alcançar o veículo, um dos homens retirou uma arma e apontou-a na direção de Daniel. Ele parou, levantando as mãos. Não tinha ideia do que aconteceria em seguida.

– Com calma, rapaz! Onde estão as chaves? – O homem lançou um olhar para Gabriela, que continuava parada no mesmo lugar em que Daniel a havia deixado. – É melhor mandar sua amiguinha se aproximar, sem tentar nada.

Com os pensamentos tumultuados, Daniel buscava desesperadamente uma forma de impedir o que poderia acontecer. Gabriela prontamente obedeceu à ordem, aterrorizada pela arma apontada para seu parceiro. Tudo aconteceu muito rápido. Do outro lado da pista, um caminhão apareceu. O motorista, percebendo a situação, buzinou prolongadamente. Os homens, assustados, dispararam as armas.

Daniel correu levando Gabriela junto. Ambos se atiraram no barranco ao lado da estrada e se embrenharam na mata. Com a queda, foram arremessados para lados opostos. Só conseguiram ouvir o barulho de pneus e a freada brusca do caminhão.

Após um tempo, e conferindo se estava tudo bem com a garota, Daniel levantou-se de onde estava, retornando rapidamente à pista. Passou pela mochila caída no meio do caminho, e seguiu em busca do seu carro. Não o encontrou.

– Daniel? Você está bem? – Gabriela subiu correndo em direção ao rapaz quando percebeu o que tinha acontecido, mas, assim como Daniel, ela não podia fazer mais nada.

Ele encarava, perplexo, o local onde o carro deveria estar. Já transtornado, ao ouvir a voz da garota, acabou perdendo completamente a calma. Todo o trabalho executado durante aquela viagem havia desaparecido sob os seus olhos, e tudo porque, para a sua infelicidade, resolvera conhecer e ajudar Gabriela.

– Tem noção do que você fez? – gritou enraivecido. Assustada com a reação dele, ela recuou um passo. – Olhe o que você fez, Gabriela! – Daniel gritava descontrolado avançando em sua direção.

– Daniel, eu…

– Cale a boca! – continuava a gritar. – Por que, Gabriela? Por que você resolveu entrar em minha vida e destruir tudo?

– Eu? – a garota não conseguia acreditar no que estava ouvindo.

– Você só me atrapalhou. Maldita hora em que te dei carona! Antes eu tivesse te ignorado, agora estaria em casa, com a minha equipe, fazendo o meu trabalho. Mas não. Fui ficar atrás de uma louca com distúrbio de personalidade, que não sabe nem o que fazer da própria vida e decidiu virar a minha de cabeça para baixo.

– Daniel, eu…

– Vá embora! Desapareça da minha frente.

Gabriela não disse mais nada. Não adiantaria. Daniel já tinha dito tudo. Ignorou a ferida aberta que sangrava em seu coração, engoliu as lágrimas e endireitou a mochila nas costas, partindo. Não pretendia pedir uma nova carona. Tinha conseguido economizar o suficiente para poder voltar para casa.

Mesmo assim, preferiu andar pela estrada, deixando a chuva encharcar seu corpo. Daniel não voltou atrás, pelo contrário, permitiu que ela fosse embora. *Talvez ele tenha razão em tudo o que disse,* pensava.

Daniel era um rapaz correto; apesar de seu histórico ruim com mulheres, continuava uma pessoa muito certinha, enquanto Gabriela não passava de uma louca com o pé na estrada. Não poderia mais atrapalhá-lo, impedindo-o de seguir o seu caminho. Tinha de se conformar e, mais uma vez, refazer-se, reinventar-se. Juntar todos os pedacinhos e continuar vivendo.

Ele, por sua vez, viu Gabriela partindo e nada fez para impedi-la. Queria mesmo que ela desaparecesse. Por causa dela, teria mais problemas com a empresa e com a família, afinal de contas, o seu pai acabaria sabendo o motivo de ele estar com o carro parado no meio da estrada.

Estava furioso por ter perdido o carro, as roupas, diversos documentos importantíssimos, e mais enfurecido ainda pelo que ela havia aprontado. Se ao menos desse uma de louca, como sempre fazia, e dissesse a ele o que passava pela sua cabeça, seria mais fácil desfazer todo o mal-entendido, mas não, Gabriela tinha deixado as coisas do jeito que deduziu que eram e fora embora.

E todo aquele papo de confiança? Gabriela era absurda. Seria melhor que ela fosse embora mesmo e acabasse logo de uma vez com toda a loucura que tomara conta da vida dele nos últimos dias.

Para seu alívio, descobriu que sua carteira com os cartões de crédito estava no bolso da calça, além do *pen drive* contendo os documentos necessários para a reunião. Isso diminuiu um pouco o seu sofrimento. Ao menos teria dinheiro suficiente para terminar a viagem em paz e seu trabalho não estava perdido. Daniel pegou carona com os policiais que foram até o local, alertados pelo motorista do caminhão, e parou em um hotel. Amanhã seria um novo dia.

Capítulo 8

No fim da tarde, Daniel já tinha conseguido resolver tudo com a seguradora do carro. Prestou queixa, descobrindo que a quadrilha atuava naquelas estradas e que a polícia estava no encalço deles há muito tempo. Havia comunicado à família e aos amigos que não conseguiria chegar naquele dia, nem no outro logo cedo, e não lhe restava mais nada a fazer além de aguardar.

Como conseguiu salvar a carteira, pôde ficar tranquilamente na cidade enquanto tudo se resolvia. Os cartões de crédito e débito eram o suficiente para facilitar a sua vida. Teria de esperar até o dia seguinte para comprar roupas, pois só tinha sobrado a do corpo, e também um carro novo, pelo menos um que o levasse para casa. Ir de ônibus e aguardar em casa o ressarcimento da seguradora estava totalmente fora de questão.

Com tantos problemas pendentes, Daniel não teve tempo para pensar em Gabriela. Ou melhor, só conseguia pensar nas coisas ruins a respeito dela. Apenas após um banho quente e demorado, com todos os problemas solucionados, e principalmente ao se perceber sozinho no quarto em meio a tanto silêncio, sentiu o quanto ela fazia falta.

Pensar em Gabriela após tantos acontecimentos estressantes não era uma tarefa fácil. Daniel não podia evitar a falta que sentia do corpo quente dela ao seu lado. Ela era louca, não podia negar, mas certamente a louquinha mais maravilhosa que ele já tinha conhecido. E, apesar de tudo, era uma grande mulher, mesmo lutando arduamente para impedir que as pessoas a enxergassem como tal. Ele teve a oportunidade de ver o quanto era forte e decidida.

Suspirou profundamente. Ficar no quarto era terrível, sufocante. Estava consciente do quanto havia extrapolado com Gabriela, e de que, por causa dele, ela poderia estar em qualquer lugar, ou talvez não estivesse bem, passando por problemas, ou talvez ainda nos braços de outra pessoa.

Esse pensamento tirou sua paz. Pegando o casaco, Daniel abriu a porta do quarto e saiu à procura de algum lugar onde pudesse beber e afastar os pensamentos, e logo o encontrou. Um bar com luzes neon na porta chamou sua atenção. Entrou sem sequer olhar ao redor, indo direto para o balcão, onde pediu uma dose de uísque que bebeu de uma vez só. Em seguida, sinalizou ao garçom que trouxesse mais uma dose. Seria uma noite difícil.

Ele sabia que havia várias pessoas no local. Tinha consciência da música ao fundo. Um karaokê, deduziu, pois as vozes se revezavam e, sinceramente, algumas eram horríveis, destruíam a música. Daniel riu sem vontade. Se Gabriela estivesse ali, com ele, iria fazer questão de cantar, constatou com pesar. Era a cara dela.

Gabriela já estava no bar quando ele entrou. Daniel não percebeu sua presença. Parecia irritado ainda, motivo pelo qual a garota não foi falar com ele. Também estava magoada com as palavras dele. Que culpa tinha ela do assalto? *Até parece que eu mandei ele parar o carro no meio da pista*, pensou com raiva. Todos os seus sentimentos se concentravam em um único ponto: ele.

Gabriela havia passado a tarde inteira perambulando pela cidade. Sem coragem de pedir carona novamente, teria de esperar o próximo ônibus para o Rio de Janeiro, e chocou-se quando descobriu que sairia somente no outro dia pela manhã. Seria um longo dia. Nada mais parecia normal depois da volta repentina e desestabilizadora de Daniel em sua vida.

Resolveu procurar o que fazer. Entrou no bar para fugir da noite fria. Seu primeiro pensamento foi: se Daniel estivesse ali, com certeza ficaria incomodado com algumas coisas, tais como a sinuca no canto do bar, homens mal–encarados jogando e provocando brigas o tempo todo. Mulheres embriagadas, exageradamente maquiadas jogando-se para cima de todos que se encostavam no balcão do bar. Ela se encolheu em um dos biombos e pediu uma Coca-Cola gelada. Daniel não sabia que Gabriela não bebia. Jamais gostara de álcool. E foi com amargura que se deu conta de que ele nunca teve nem teria a chance de saber.

Foi uma grande surpresa ver Daniel entrando no mesmo bar em que ela estava. Para a garota, ele estaria bem longe da cidade e era apenas uma lembrança, como sempre fora. Preferiu observá-lo de longe, enquanto ele pedia uma bebida e logo em seguida outra para afinal se decidir pela garrafa.

Daniel realmente devia estar com muita raiva dela. Gabriela não sabia o que fazer: ir embora ou ficar bem quieta para não ser notada? Essa última poderia ser a melhor opção naquele momento, mas algo dentro dela pedia mais do que isso. Queria que ele a aceitasse de volta, que lhe desse outra chance, ou que ao menos a tocasse uma última vez, levando calor ao seu corpo castigado pela noite fria.

Era uma vergonha e falta de amor próprio, já que o rapaz a mandara embora, no entanto ela sabia o que acontecia em seu íntimo e não poderia simplesmente ignorar o "efeito Daniel" em seu coração. Durante anos pensou nele com amargura. Tinha ficado sozinha, precisando enfrentar a vida de frente. Mas o que ele poderia ter feito? E do que adiantaria contestar tudo o que já tinha passado? Não voltaria mais.

Daniel tinha voltado e desistido dela. Gabriela fechou os olhos e abaixou a cabeça até alcançar os joelhos. A dor era imensa. Um turbilhão de sentimentos contraditórios. Queria pôr um ponto final àquela história, ao mesmo tempo que ansiava voltar a ela, desesperadamente. Com amargura pensou que não seria mais possível viverem aqueles momentos. Decidiu partir o quanto antes; existiam outros bares na cidade, e ela encontraria abrigo em um deles.

Foi quando ouviu o barulho de um copo sendo colocado sobre a mesa a sua frente e sentiu a movimentação ao seu lado. Respirou fundo. A última coisa que desejava naquele momento era um bêbado idiota querendo programinha de fim de noite. Gabriela estava sem paciência, triste, irritada e com muita saudade de Daniel.

Ao fundo uma música suave, cantada por uma voz feminina, falava algo sobre pedir perdão, não entender os próprios sentimentos e desejar uma segunda chance. Os olhos da garota ficaram úmidos. A letra da canção era exatamente o que ela gostaria de dizer a Daniel.

– Noite difícil? – o corpo inteiro dela se arrepiou com a voz. Sentia aquelas palavras como um toque quente em sua pele gelada. Gabriela não se atreveu a levantar os olhos, poderia ser uma alucinação. – Gabriela! – a voz estava mais próxima. Não poderia ser fruto da sua imaginação. – Olhe para mim. – Então, ergueu a cabeça para encarar aquele rosto impossível de ser esquecido.

Daniel sorriu, meio resistente ao contato. Empurrou um copo com uísque na direção da garota, enquanto mantinha o seu preso em suas mãos como uma arma.

– Noite difícil? – recomeçou.

– Daniel! – foi apenas um sussurro. Daniel o recebeu como um doce em uma boca amarga. Ele também sentia a falta daquela garota. Mesmo não querendo. – Dia difícil – respondeu insegura. Também estava machucada com o acontecido. Ele inclinou a cabeça para o lado, um pouco em dúvida do que poderiam conversar. – Estraguei o dia de um carinha com quem eu... – Gabriela mordeu o lábio inferior procurando uma forma de dizer o que estava sentindo sem ser dramática – simpatizo muito – deu um sorriso sincero. Ele relaxou e acompanhou o seu sorriso.

– Simpatiza? – estreitou os olhos e tomou um gole da sua bebida. Daniel gostava de estar ao lado dela, mesmo depois de uma situação tão complicada e delicada.

–Hum! – fez uma careta entortando a boca. – Sim. Simpatizo.

– É uma palavra bem escolhida.

– É. Que não muda nada. Eu acabei com o dia dele e infelizmente não posso fazer nada para me redimir.

Daniel suspirou e se inclinou sobre a mesa.

–Verdade. Não há nada que possa ser feito – ele encarou a garota. – Como está se virando? – Avaliou o conteúdo do copo, sentindo-se oprimido pela confusão de pensamentos em sua cabeça.

– Acho que sou especialista na arte de "me virar". – Ficaram em silêncio por um tempo. Cada um olhando para uma direção, até que finalmente seus olhos se encontraram. – Fique tranquilo, Daniel. Não pretendo fazer nenhuma besteira do tipo pegar carona com um desconhecido.

Ele sorriu ante a ironia. Foi exatamente o fato de ela não ter cuidado com a própria vida que os colocara na mesma estrada. Gabriela não tinha noção de perigo, ao menos não parecia ter, e isso o preocupava. Não conseguia se sentir bem com o fato de abandoná-la à própria sorte.

– Não vai tocar na bebida?

– Não bebo álcool. – Daniel arqueou uma sobrancelha, estupefato com a revelação. – Eu sei. Não pareço o tipo de garota recatada, que curte um bom filme no sofá da sala de casa em pleno sábado à noite.

– Não. Definitivamente não. – Ele pegou a bebida que tinha oferecido à garota e despejou-a no copo. – Faz mais o tipo "curtindo a vida adoidado".

– Pois é – Gabriela riu, mas no seu íntimo se sentiu triste. Era exatamente no que ela tinha se transformado.

– Sabe de uma coisa, Gabriela? Você mente para afastar as pessoas. Faz todo mundo acreditar em uma pessoa que não existe. E é boa nisso. Muito boa. – Fez uma pausa para beber o uísque. – Mas não por muito tempo. Eu sei quem é você.

Aquelas palavras fizeram o tempo parar. Nenhum barulho do som nem das conversas foi capaz de impedir que Gabriela quebrasse o transe. Ela ficou gelada, assustada e ao mesmo tempo aliviada.

– Sabe?

– Sei. Você é uma menina amedrontada. Uma garota sensível, dona de um sorriso encantador. Confusa, é verdade, mas muito divertida. Você é uma pessoa linda, Gabriela! Sua alma está muito ferida, pois a vida não lhe foi justa, só não entendo por que se castiga tanto. Você não tem culpa do pai cretino que teve, nem da mãe fraca, muito menos do idiota que a abandonou grávida. – Puxou o ar com força enquanto Gabriela fechava os olhos.

Daniel não sabia, mas aquelas palavras a feriram mais profundamente do que a briga anterior. Quanta ironia ser justamente ele a dizer aquilo. Seu amante estava certo. Ele havia conseguido virar a página e seguir em frente. Seu mundo não tinha estagnado por ter perdido Lorena. Não se culpava todas as noites, não precisou perder nada. Era a vez dela. Precisava enterrá-lo no passado e colocar o pé na estrada, seguir em frente.

– Está ficando tarde, então… – sorriu indicando a porta sob o olhar atento de Daniel. – Vejo você qualquer hora dessas, e… – respirou fundo buscando desesperadamente impedir que as lágrimas caíssem – boa sorte com a sua reunião.

Daniel não conseguiu protestar. Apenas a observou levantar-se e sair do bar sem olhar para trás. Ela estava indo embora, não apenas da cidade, mas da sua vida também. Encarou a porta por onde outras pessoas entravam no ambiente, trazendo com elas o ar gélido. Ou seria o frio que se instalava dentro do seu coração?

Gabriela saiu para a chuva fina. Fechou os braços em torno do corpo. Não era o frio que a incomodava, nem a chuva insistente, e sim o vazio dentro dela. Era demasiadamente complicado abrir mão de si mesma, até porque durante todos esses anos ela fora apenas ele.

– Gabriela! – a garota ouviu a voz de Daniel. O que ele fazia ali? Por que não a deixava ir? – Espere! – Os passos no chão molhado indicavam que ele se aproximava. Ela teve vontade de correr, mas seu corpo não mais lhe obedecia, e assim se viu virando na direção daquele homem que tanto a feria.

Eles se aproximaram sem nada dizer, apenas buscando respostas através do olhar. Gabriela não sabia ao certo o que ele queria dela, enquanto Daniel sabia exatamente o que queria, só não sabia como dizer. Então ambos, simultaneamente, decidiram que nada precisava ser dito naquele momento e se beijaram.

Foi como o ar para quem estava se afogando. Existia uma necessidade urgente de um pelo outro. Eles se queriam mais do que queriam a própria vida. E o que seria a vida se não pudessem viver aquele momento? Se não pudessem ter um ao outro?

Daniel não mais pensava no quão era difícil conviver com Gabriela, muito menos em todas as loucuras que ela já havia aprontado na vida dele. Apenas sentia a felicidade de tê-la em seus braços e em como seus corpos se encaixavam perfeitamente. Fácil como respirar. Estava com ela, e nada mais importava.

Gabriela esqueceu completamente as palavras duras e cruéis ditas por Daniel. Eram só palavras, e estas sempre seriam levadas pelo vento. O importante, naquele momento, era ele envolvendo-a em seus braços.

Daniel a segurava pela nuca com uma mão e com a outra a puxava pela cintura para junto dele. Ela acariciava os braços e as costas do rapaz, sentindo cada músculo firme, rígido em suas mãos, e se admirava com a perfeição daquele corpo.

Ele encostou Gabriela em um carro próximo. Os corpos quentes e ansiosos. Apertou-se ainda mais contra ela, que o envolveu com as pernas. Os lábios de ambos grudados, enquanto as mãos faziam várias viagens indecifráveis e indecorosas. Daniel segurava a moça pelos quadris, permitindo que ela sentisse o tamanho da sua excitação.

– Daniel! – Gabriela interrompeu o beijo. – Estamos na rua.

– Já fizemos isso outras vezes.

– Não no estacionamento de um bar, com pessoas entrando e saindo o tempo todo.

Daniel riu afastando-se, mas não muito, apenas o suficiente para olhá-la nos olhos.

– Senti a sua falta – foi sincero.

– Isso significa que ainda tenho a minha carona? – A forma como Gabriela conseguia suavizar os momentos mais dramáticos provocou um riso alto em Daniel.

– Em que carro?

– Seremos dois caronistas agora? – Gabriela riu da situação, e ele fez uma careta brincando com ela.

– Não sei ainda como vou fazer. Imagino que precisarei comprar outro carro para conseguir chegar em casa mais rápido.

– Então eu terei a minha carona de volta.

– Isso vai depender.

– Depender?

– Do seu comportamento esta noite.

– Daniel, eu prometo me comportar direitinho. Vou ficar tão quieta que você nem vai notar a minha presença.

O rapaz revirou os olhos.

– Nem sonhe em ficar quietinha. Eu quero você bem ativa. – Voltou a beijá-la, percorrendo seu queixo, pescoço, onde mordiscou a pele. – É desse comportamento que estou falando.

– Então… se eu te der uma noite maravilhosa, poderei aprontar o que quiser?

– Nem pensar. Você já extrapolou sua cota de loucuras.

Gabriela deu risada e deixou que Daniel a beijasse uma última vez antes de irem juntos para o hotel onde ele estava hospedado. Foi praticamente impossível esperarem a chegada ao quarto.

Daniel estava faminto e sedento dela. Gabriela, que nunca tinha sentido tanto desejo, acreditava que seu corpo poderia explodir em protesto caso não fosse saciado. Encostados na parede ao lado da porta de acesso ao quarto, o rapaz a imprensava esfregando seu corpo no dela de maneira avassaladora. Gabriela não conseguia conter os gemidos.

A sensação era de que Daniel estava por todo o corpo dela, menos onde realmente mais necessitava, e isso a estava deixando louca.

– Daniel, pelo amor de Deus! – Gabriela suplicou manhosa. Ela sentiu as mãos dele por dentro da camisa, tocando-lhe os seios.

– O quê? – ele rosnou sem tirar os lábios dos dela. Gabriela o empurrou com força, conseguindo afastá-lo para que entendesse claramente o que ela dizia. Estava com raiva.

– Se você demorar mais dois segundos para estar dentro de mim, vou entrar em combustão.

Daniel riu da cara de brava dela. *Que linda!* Abriu a porta, levando-a para dentro do quarto.

– Queime a cama – sussurrou no ouvido dela, a língua em seu lóbulo. – Por favor!

A súplica fez dispararem correntes elétricas pelo corpo dela.

– Prepare o extintor porque o Will vai ter muito trabalho hoje.

Daniel rasgou a camisa que ela vestia, com força. Gabriela não se importou; seu corpo pegava fogo. Também não soube explicar como sua calça foi retirada, muito menos quando foi que Daniel se afastou para se livrar das roupas dele.

Só sentia os toques, os beijos e as carícias. Principalmente quando seu amante a fez virar para que pudesse beijar todos os ângulos de cada parte da sua tatuagem tão bem escondida.

Assim que Daniel finalmente a penetrou, ela não aguentou e se entregou ao orgasmo. Ele adorou! Louco de excitação, precisava de todo seu controle, enquanto Gabriela se recuperava da explosão fulminante que a fez gemer alto.

Maravilhado, Daniel sentia seu membro sendo apertado pelos músculos íntimos dela. Assim que o corpo da garota deu sinal de que se encontrava perfeitamente recuperado, o rapaz reiniciou seus movimentos. Gabriela não reclamou em nenhum momento, aceitando o máximo dele, por quanto tempo fosse necessário.

A noite fria se tornou quente e abafada. Os corpos dos dois suavam enquanto Daniel investia cada vez mais forte em Gabriela, e, a cada investida, a garota gemia com mais intensidade, os gemidos ecoados pelos dele. Até que ambos alcançaram o prazer, perdidos em seu universo particular de luzes e cores, próprio do mundo que só pertencia a eles e que só era acessível quando juntos se entregavam à satisfação do seu desejo.

Gabriela não estava brincando quando dissera que Will teria muito trabalho naquela noite. A falta que o corpo dela havia sentido do dele, mesmo que por poucas horas, foi o suficiente para deixá-la totalmente carente. Precisava recuperar seu equilíbrio interior, e só conseguiria quando estivesse completamente saciada dele, ou parcialmente satisfeita, já que a certeza de que esse desejo nunca diminuiria se tornava cada vez mais real.

E assim, durante toda a noite, os hóspedes do hotel ouviram inúmeras vezes os nomes Daniel e Gabriela, em diversas intensidades e em vários momentos.

Capítulo 9

Quando Daniel acordou pela manhã, a primeira coisa que viu foi Gabriela em seus braços. Tinham dormido abraçados, como um casal apaixonado. Ele gostava da sensação. Gostava também do contato dos corpos nus. Era diferente de tudo o que já havia experimentado em termos de contato sexual.

Gabriela não era apenas a luxúria do desejo avassalador. Ela era um monte de coisas e sentimentos ao mesmo tempo, e Daniel acabou percebendo que gostava muito de estar com aquela garota. Como isso era possível?

Gabriela acordou sentindo os dedos de Daniel lhe percorrerem as costas. Antes de abrir os olhos, sorriu, deleitada com a sensação.

– Bom dia, Bela Adormecida! – beijou os cabelos da moça com devoção.

– Bom dia, Príncipe Encantado.

– Sempre achei que estava mais para o sapo do que para o príncipe.

– Então você deve ser alguma espécie de sapo encantado. Sem problema para mim; sempre achei o príncipe o maior mala mesmo.

Daniel riu.

– Você e suas maluquices. – Com os dedos, levantou o rosto dela devagar e a beijou levemente nos lábios, expressando com o gesto todo o carinho que sentia pela garota deitada ao seu lado.

– O que vamos fazer hoje?

– Depende de você – correu o dedo indicador por entre os seios dela, parando na cintura e prolongando-se em afagos até alcançar a tatuagem, acariciando a sua parte frontal. – Eu ainda quero fazer um monte de coisas. – Gabriela abriu a boca chocada. – O que foi?

– Você não é humano.

Ele voltou a rir.

– Tá jogando a toalha, Gabriela?

– Não. Mas preciso conseguir andar. Não sei o que você vai aprontar hoje.

– Eu? Aprontar?

– Sim. Não sei se já reparou, mas você tem um sério distúrbio de personalidade, sabia? – Ambos deram risada.

– Ok! Economize suas pernas. Você vai realmente precisar delas.

– Como assim? Desistiu do carro? – os olhos de Gabriela se arregalaram com a possibilidade de ficarem vagando pela estrada em busca de uma carona.

– Não. Preciso de roupas, e acho que você também. Vamos fazer compras antes de partirmos.

– Compras?

– Claro. Minhas roupas foram roubadas e as suas estão sujas. Eu só tenho a que estou vestindo, e você, nenhuma roupa limpa. Preciso urgentemente arrumar algo para te vestir – fingindo preocupação, olhou para a camisa usada por ela na noite anterior, destruída, rasgada e jogada ao lado da cama. Eram apenas trapos no chão do quarto.

Gabriela teve muita sorte de Daniel estar vestindo uma camisa e um casaco por causa do frio, assim ele pôde dividir as roupas com ela para irem ao shopping da cidade providenciar coisas de que precisavam. A moça ajustou a enorme camisa dele ao corpo, dando um nó de lado, o que criou um estilo muito especial, só dela, que ele achou incrível.

Juntos fizeram compras. Daniel não hesitou em abastecer Gabriela com mais coisas do que ela realmente precisava. A moça, apesar do constrangimento, não argumentou. Se ele se sentia feliz em poder fazer alguma coisa por ela, então que fizesse. Tinha se convencido a aproveitar esses momentos o máximo possível, já que o fim daquela história estava muito próximo.

Um pouco desolada, mas sem querer estragar o que estavam vivendo, ela apertou os dedos aos dele. De mãos dadas, caminhavam pela rua, como um casal apaixonado e feliz. Faziam planos como se não houvesse um fim programado para a relação deles.

– E agora?

Gabriela dobrava as roupas novas colocando-as dentro da mochila de viagem que Daniel havia comprado, enquanto ele, de toalha, terminava de fazer a barba no banheiro.

– Pensei em viajarmos de ônibus, pelo menos por um trecho. – Ele riu da careta de Gabriela captada através do espelho. – Só até Curitiba, pouco menos de duas horas. Lá poderemos comprar um carro usado e continuar com o pé na estrada. Paramos para comer alguma coisa antes; só preciso conferir o horário do próximo ônibus.

– Se você prefere assim, por mim tudo bem – deu um sorriso amarelo. Por dentro ela sentia medo. Entendia que precisava aceitar o fim, também tinha consciência de que dessa vez seria ainda pior. Depois de Daniel, só restaria a dor e o vazio.

Mesmo assim fez como ele disse. Escolheu um dos vestidos que Daniel gentilmente lhe comprara. Era branco, com algumas flores amarelas. Olhou-se no espelho e, por alguns instantes, reconheceu naquela imagem a Lorena doce, meiga e encantadora do passado. Como era possível?

Ele se aproximou, envolvendo-a pela cintura e enterrando o rosto em seus cabelos molhados. Gabriela desfrutou o momento.

–Pronta?

–Sempre.

Após o almoço, Daniel e Gabriela entraram no ônibus em direção a Curitiba. Ele estava especialmente carinhoso, cheio de atenção e cuidados. Fizeram a curta viagem abraçados e trocando carícias. Mal conseguiram prestar atenção na paisagem bucólica. Absortos demais um com o outro, não se distraíam com pequenos detalhes ao redor, como o rapaz da cadeira ao lado, que os observava atentamente.

Nem Daniel nem Gabriela estavam atentos a nada que não fosse os dois. Para o azar deles, o homem ao lado era um dos bandidos que haviam roubado o carro de Daniel. Tinha levado o veículo para um desmanche próximo à cidade e estava indo para Curitiba encontrar os comparsas.

Gabriela cochilava no ombro de Daniel quando o ônibus finalmente chegou ao seu destino. Eles precisariam encontrar uma concessionária, escolher um carro, cuidar da parte burocrática, ou seja, providenciar o necessário para que pudessem seguir viagem o mais rápido possível.

Com a garota ainda sonolenta, passaram pelo homem que fingia retirar uma mochila, enquanto aguardava o próximo passo do casal. Como não sabiam que eram observados, conversavam sobre seus planos tranquilamente, sem a menor discrição. Decidiram pegar um táxi e parar na primeira revenda de carros usados que encontrassem. E assim fizeram.

Logo que Daniel entrou na concessionária, caminhando pelo amplo salão, várias pessoas olharam para o casal. Gabriela caminhava um pouco atrás, intimidada pela postura adotada por seu companheiro ao chegarem ali. Aquele a sua frente não era o Daniel que a mantivera nos braços durante uma noite inteira, muito menos o garoto por quem tinha se apaixonado no passado. Ele não era gentil, carinhoso. Não era atencioso nem cuidadoso. Parecia apenas um homem rico que exibia a sua superioridade, exalando poder e segurança.

Uma vendedora, usando uma saia azul-marinho justa até os joelhos, uma camisa de seda branca com a logomarca da empresa bordada no bolso e saltos tão altos que parecia impossível alguém ser capaz de se equilibrar neles, logo se aproximou. A maquiagem era impecável, e os cabelos negros desciam em cachos bem feitos até quase a cintura. Ela sorriu para Daniel, na verdade, um sorriso nada profissional. Em seguida mediu Gabriela com os olhos, resolvendo ignorá-la.

A moça revirou os olhos e se afastou um pouco dos dois, enojada com tudo aquilo, mas decidiu acompanhá-los. Daniel e a vendedora conversavam sobre os modelos mais adequados para a viagem e a melhor forma de conseguir a liberação rápida do carro.

Então ele escolheu um que aparentemente estava muito bom, bem conservado, o motor em ótimo estado, e foi só isso que ela se atentou em registrar. Pelo menos ele tivera a decência de pedir a sua opinião e envolvê-la na compra, mesmo sob o olhar reprovador da vendedora. Logo duas funcionárias com roupas bastante justas e maquiagem exagerada se aproximaram para que pudessem tratar dos detalhes finais.

– Existe alguma coisa que queira acrescentar? – Gabriela precisou piscar várias vezes até compreender que Daniel falava diretamente com ela. O sorriso dele era o mesmo de sempre, no entanto sua postura continuava a mesma de quando chegaram: arrogante.

– Hum! Pode ser rosa?

A vendedora abriu a boca e estreitou os olhos sem acreditar no que ela dizia. Daniel riu completamente familiarizado com as maluquices da sua companheira.

– Não, Gabriela. É um carro usado, e nós vamos levá-lo do jeito que está. Temos pressa, lembra?

– Nós passamos por um rosinha conversível que achei incrível.

– Não! – E assim encerrou a conversa.

– Então, Sr. Daniel, vamos agilizar o processo de compra e ver o que podemos fazer para a liberação imediata do veículo.

Eles foram até uma cabine. Gabriela preferiu circular pelo salão, afinal, Daniel ficava muito chato com toda aquela postura de superempresário. Caminhou por entre os carros e se viu parada diante do conversível rosa que tinha avistado um pouco antes. Tão lindo!

– Lindo carro! – uma das garotas que auxiliaram na compra do carro de Daniel se aproximou com um sorriso plastificado.

– Realmente. – Gabriela mordeu os lábios e voltou a olhar aquele veículo pelo qual se apaixonara.

– Por que não leva este também?

Gabriela riu, como se fosse uma piada, então lembrou que vestia roupas de marca e acompanhava um cara que aparentava ser um figurão.

– Não. Fica para outra oportunidade.

– O Sr. Daniel pagou o outro à vista. O carro já é dele e vai conseguir retirá-lo rapidinho – piscou a moça de modo travesso. – Não seria complicado acrescentar esse à compra, e o preço está incrível.

– Não... Não acredito que seja possível – sorriu formalmente. O que aquela garota queria?

–Não? Mas ele é seu... marido? – os olhos dela brilharam.

A garota estava interessada em descobrir o tipo de relação dos dois. Na verdade, apesar de bastante empolgada com a beleza de Daniel, a vendedora estava apenas cumprindo ordens da moça que lhes vendera o carro, a qual a incumbiu de descobrir o que pudesse a respeito daquela mulher e com isso preparar o terreno para chegar ao rapaz rico que estava pagando com um cartão de débito.

– Marido? – Gabriela riu incapaz de se conter, mas se arrependeu imediatamente. Como a irritava ver Daniel ser paquerado em todos os lugares por onde passavam. – Não. Ele é... outra coisa – sorriu com malícia.

– Namorado? – a moça piscou os cílios carregados de rímel, simulando inocência. – Um presente de namoro seria muito apropriado.

– Não. – Gabriela tinha um plano que no final seria um favor a Daniel, já que afastaria as interesseiras do seu caminho.

– Então vocês não são um casal?

O silêncio que se seguiu foi constrangedor. Gabriela ponderava se deveria ou não agir. Caso Daniel descobrisse o que ela estava aprontando, iria matá-la.

– Tá legal! – olhou para a garota em tom conspiratório. – Vou te contar... E quem sabe não se interessa em participar da jogada.

– Jo... jogada? – a garota que antes piscava inocente, agora parecia intrigada, sem saber do que Gabriela falava.

– Sim! – abriu bem os olhos, querendo parecer empolgada. – Você é bonita e toda... hum!... jeitosa para essas coisas.

– Coisas?

– Ok. Você já ouviu falar em dominador e submissa?

– Como?

Gabriela revirou os olhos, fingindo impaciência.

– Dom e sub! Tá super na moda.

– Não. Desculpe, eu...

– Certo! Funciona mais ou menos assim: ele é o "dom", dominante, o senhor, basicamente seu dono.

– Dono? – à medida que Gabriela falava, os olhos da menina ficavam maiores.

– Sim! Mas não é uma coisa ruim. Desfaça essa cara de assustada. – Deu uma risada sinistra assustando ainda mais a garota – Não é ruim. Se bem que aquelas coleiras são... – Fez uma careta e depois refez a expressão de satisfação.

– Coleiras?

– São alguns acessórios. Cada "dom" tem o seu cenário preferido. Daniel, meu senhor, aquele lá que está comprando o carro, gosta de coleiras e algemas. Gosta de varas e chicotes também, mas essa parte não é muito boa. Não fique assustada; é só você se comportar, obedecer a todas as regras e não será castigada.

– Castigada? Meu Deus! – a moça levou as mãos à boca, o semblante pálido e os olhos com expressão chocada.

– Em compensação... ser submissa tem as suas vantagens: mesada, roupas, joias, vários presentes. Muitas trepadas que eu nunca imaginei, amarrada, com as pernas abertas, em uma mesa, totalmente exposta...

– Eu acho que... – Ia se retirando, mas Gabriela a impediu.

– Se eu concordar em ser colocada amordaçada naquela jaula outra vez, quem sabe ele não me dá este carro como recompensa?

– Com licença. – A menina praticamente saiu correndo como se o diabo a perseguisse.

Encostada ao carro rosa, Gabriela quase gargalhou. Ela viu a garota entrar onde a vendedora estava chamando-a, um lugar mais reservado, provavelmente para relatar sua descoberta. Riu quando as duas voltaram para Daniel e agilizaram o processo. Em poucos minutos ele estava de volta e surpreendeu a companheira sorrindo alegremente.

– Ainda não desistiu desse carro?

– Quem sabe um dia eu ganhe um desses de presente? – riu da própria piada. Daniel, já acostumado com as súbitas mudanças de humor, não questionou.

– O carro poderá ser retirado amanhã pela manhã. Eles precisam correr para fazer a transferência. Caso não consigam, concordaram em me entregar a documentação para que eu efetue a transferência quando chegarmos ao Rio de Janeiro.

– Vamos passar a noite aqui?

– Vamos. Você tem alguma coisa contra?

– Não. Sempre às suas ordens, meu senhor – riu outra vez, divertindo-se com sua última travessura.

– Está frio, e você está sem casaco. Vamos procurar um hotel, trocar de roupa e depois comer alguma coisa bem gostosa.

– Bem gostosa, é?

Os olhos de Daniel brilharam de expectativa.

•••

Encontraram um hotel charmoso, de frente para uma praça imensa com intensa atividade comercial. O quarto era grande, estrutura antiga, móveis de madeira e uma banheira bem ampla que deu ao casal muitas ideias.

Enquanto Daniel esfregava as costas de Gabriela, sentada entre as pernas dele, pensava no quanto haviam estreitado sua relação nas últimas horas. Pareciam realmente um casal. Era isso o que ele queria? Mais um dia e estariam em casa. Precisariam estabelecer limites, criar regras, descobrir o que fazer para aquela loucura dar certo.

– Está com fome? – beijou de leve o pescoço exposto da garota. Ela estremeceu.

– A água está ficando fria.

– Vamos sair e comer alguma coisa.

– Certo.

Daniel não percebeu, mas Gabriela guardava em seu coração a angústia causada pela certeza de que a cada hora o tempo deles juntos ia diminuindo. Queria poder prolongá-lo, apesar de saber que estaria apenas protelando o sofrimento que a esperava no final da jornada. Não havia como evitar. Ela não gostava da pessoa em que Daniel se transformava quando em seu próprio mundo, assim como estava ciente de que jamais conseguiria se inserir naquele meio social. As diferenças entre eles eram óbvias até demais.

Precisou de toda a sua capacidade para expulsar esses sentimentos e fingir que estava tudo bem. Escolheu um vestido preto, que chegava até os joelhos, com mangas longas e um decote em "v". Colocou meias grossas e uma bota de cano longo; uma echarpe amenizaria o frio. Deixou os cabelos soltos, retirou as lentes de contato. Queria parecer um pouco mais com Lorena. Senti-la dentro de si enquanto ainda era possível.

Daniel notou que os olhos dela estavam mais escuros, relacionando a mudança à pouca iluminação. Mesmo assim achou Gabriela ainda mais bonita, limpa e vestida como deveria ser sempre. A maquiagem não estava carregada, e seu rosto era tão... familiar. Demorou-se um tempo analisando os traços dela. Sem conseguir entender de onde vinha aquela sensação, escolheu aceitá-la como admiração pela linda mulher à sua frente.

– Posso levá-la a um lugar especial? – os olhos do rapaz brilhavam de admiração; os dela, de encantamento.

– Sim.

– Pronta, senhorita? – abriu a porta e ofereceu o braço. Gabriela se permitiu ser conduzida.

Caminharam pelas ruas molhadas, abraçados por causa do frio, conversando amenidades e rindo baixinho das brincadeiras indecorosas que faziam. No restaurante o clima permaneceu o mesmo. Daniel cobria Gabriela de carinho e atenção, tornando a noite perfeita. Ele não pôde deixar de perceber que o humor da garota não oscilou como costumava acontecer. Ela estava leve, solta, entregue, e o rapaz descobriu-se completamente enfeitiçado por aquela mulher.

– Vamos dar uma volta? – ela propôs querendo prolongar ao máximo o momento dos dois.

– Está frio.

– Nós caminhamos um pouco, eu começo a te esquentar e deixo para terminar no quarto. O que acha?

– Acho ótimo!

De volta às ruas, o clima romântico continuou. O percurso até o hotel era bastante deserto e parecia que nada de interessante poderia surgir dali. Daniel olhava para a rua perguntando-se se tinha errado o caminho. Gabriela sentia-se apreensiva. Também não reconhecia aquela rua e estava achando tudo muito estranho e sinistro.

Quando viu que mais à frente havia apenas prédios comerciais fechados e ruas escuras, Daniel resolveu que voltar era a melhor opção. Alguns homens mal-encarados estavam em um ponto um pouco mais distante e olharam a garota de maneira escandalosa. Ele então colocou a mão na cintura de Gabriela, puxando-a para mais perto, como querendo protegê-la.

– Acho que pegamos o caminho errado. Vamos voltar – segurou a mão de Gabriela, visivelmente tenso, e apressou os passos.

Daniel não quis dizer nada, mas reconheceu no meio daqueles homens o cara que havia lhe apontado um revólver e roubado o seu carro. Assim, pensava apenas em tirar Gabriela dali. Com certeza não era o mesmo pensamento que se passava na mente do bandido.

Ele estava de olho no casal e procurava uma forma de abordá-los desde o momento em que vira Gabriela a primeira vez, na estrada, enquanto roubavam o carro, mas teve seus planos comprometidos pelo motorista do caminhão. Que sorte quando encontrou a garota ao pegar o ônibus de volta a Curitiba! Assim, estava determinado a não perder a oportunidade novamente.

Encontrou alguns comparsas que compartilhavam a mesma ideia sádica, e juntos planejaram surpreender Daniel e Gabriela na volta ao hotel. Foi o que aconteceu. Quando o casal, entretido em uma conversa ao pé do ouvido, errou a rua em que deveriam entrar e acabaram ali, naquela escuridão e sem testemunhas, eles viram a chance de atacar.

– Para que a pressa? – um cara alto e muito forte, visivelmente alcoolizado, e sabe-se lá chapado com mais tipos de drogas, gritou na direção deles. Daniel apertou a mão de Gabriela com força e acelerou o passo. O homem riu cinicamente. O rapaz sabia que algo estava errado. – Não precisa correr, boneca. Aqui você vai sentir mais prazer.

A forma como o homem falou irritou muito Daniel. Ele quis revidar. Sabia lutar e não precisava se acovardar, mas sentia a mão de Gabriela apertar a sua com medo. Ela corria mais perigo do que ele, e, por esse motivo, resolveu ignorar a provocação. Eles estavam expostos. O sujeito se aproximava rapidamente. Daniel sabia que, se estivesse sozinho, sua reação traria consequências apenas a ele. Mas, com sua companheira presente, tudo ficava mais complicado. Alguns passos adiante, Daniel e Gabriela deram de cara com outro homem, também mal-encarado e bêbado. Imediatamente o rapaz reconheceu o bandido do grupo logo atrás.

– Paradinhos aí – o bandido apontou uma arma na direção deles. Daniel olhou para trás e viu que o outro homem se aproximava. Gabriela empalideceu.

– Meu Deus, Daniel!

– Calma.

– É. Bem calma mesmo. Vamos manter a serenidade para que ninguém tenha que beijar a mão de Deus ainda hoje.

– O que você quer? – Daniel sabia que não poderia arriscar. Estava disposto a tudo para tirar Gabriela daquele lugar sem nenhuma consequência desastrosa.

– Parece que você ficou com alguma coisa que eu queria muito. Levei seu carro, fiquei com suas roupas, mas não foi tudo, não é?

Apesar de escuro e frio, Daniel podia ver nos olhos daquele homem que o problema seria maior do que imaginava. A forma como os sujeitos olhavam para Gabriela era desconcertante e fazia os ossos do rapaz gelarem.

– Pode ficar com a carteira – estendeu o objeto na direção do homem ao mesmo tempo em que puxava Gabriela para um ponto onde eles não a alcançassem. Os homens riram, divertindo-se em aterrorizar o casal.

– Claro que vamos ficar, mas, além da carteira, queremos também essa joia rara que você segura com as mãos – o homem com hálito de álcool falou olhando para Gabriela com desejo.

– De jeito nenhum. – Daniel sabia que eles tentariam ficar com Gabriela e não estava disposto a ceder sem lutar.

– Então podemos fazer o caminho contrário. Matamos você e depois nos aproveitamos da garota.

– Não! – Gabriela gritou em pânico. – Por favor, nós só queremos ir embora.

– Claro, lindinha! É só colaborarem. Podemos aproveitar a garota e depois liberar os dois, sem prejuízo para ninguém.

– Você não vão encostar nela – ele avançou um passo, puxando Gabriela para trás dele. A arma veio parar no meio da testa de Daniel. Dava para sentir o prazer do bandido.

– NÃO! – Gabriela gritou.

– Caladinha, docinho. Vamos fazer tudo sem chamar a atenção de ninguém – o outro homem riu da situação.

Foi tudo muito rápido. O sujeito mais forte, que estava ao fundo, avançou sobre Gabriela, puxando-a das mãos de Daniel. O coitado, ao mesmo tempo em que ouvia sua companheira gritando e sendo afastada dele, foi atingido por uma pancada na cabeça pelo revólver do outro homem.

Ainda que sem perder a consciência, Daniel caiu no chão desequilibrado. O homem lhe deu uns chutes no estômago e nas costas, divertindo-se com a situação do casal. O rapaz, dominado pela dor, se perdia em imagens turvas e disformes. Ouvia os gritos de Gabriela, sem distinguir de onde vinham.

Os homens riam. Daniel fechou os olhos com força, puxando o ar profundamente, na tentativa de recuperar a sua visão. Embora meio zonzo, conseguiu enxergar onde Gabriela estava: no chão, com o homem entre as pernas dela, lutando para mantê-la quieta enquanto se debatia ferozmente.

– Não! – ela gritava chorando em desespero.

Daniel não saberia dizer de onde veio a força que o dominou naquele momento. O fato era que presenciar aquela cena despertou tamanha fúria que ele conseguiu levantar-se.

Aproveitando-se da distração do outro homem que acompanhava a luta de Gabriela e do amigo com olhos famintos, desferiu-lhe um golpe muito forte na perna, quebrando-a, e ele caiu aos gritos no chão. O “mocinho” rapidamente se levantou avançando sobre o bandido,com o intuito de desarmá-lo.

O outro homem, que atacava Gabriela, ao perceber a situação do comparsa, correu para impedir Daniel de se apossar da arma. O rapaz lutava bravamente com o bandido. Afinal, precisava desarmá-lo para salvar Gabriela, mas o outro conseguiu atingi-lo nas costas com um soco forte. Ele caiu, sentindo o impacto da pancada, e rolou de costas golpeando com as duas pernas o estômago do homem que se jogava sobre ele, pegando-o no ar e arremessando-o para trás.

Nosso herói se levantou, ciente de que aquele bandido estava fora de combate e, portanto, precisava se concentrar no outro, quando então foi atingido por um disparo inesperado. O calor da adrenalina fez o rapaz sentir apenas uma leve queimação. Daniel ainda teve forças para lutar com o sujeito e arremessar a arma longe.

O que ele não contava era com a recuperação do bandido que acreditava estar fora de combate. Quando Daniel se deu conta, já estava imobilizado, os braços do bandido em volta do seu pescoço, pronto para quebrá-lo, enquanto o outro o socava no estômago.

– Quer assistir à sua namoradinha se divertindo? Vamos ensinar a você como se faz.

Uma explosão conhecida encheu o ar. Alguém havia atirado. Daniel parou por um segundo, sentindo todo o terror do momento. E de repente o homem largou o nosso “mocinho” e caiu para trás. O outro, assustado ao ver o amigo morrer diante dele, correu para a mata, onde acabou desaparecendo. Ninguém conseguiria alcançá-lo.

Daniel ficou parado, o ombro ferido sangrando, atingido por uma dor dilacerante. Gabriela tinha conseguido sair do estado de choque, alcançando a arma e atirando no homem que tentara estuprá-la. Este jazia ao lado de Daniel, que a olhava intensamente. Ela largou a arma e correu em direção ao companheiro enquanto ouvia ao longe o som de viaturas.

Daniel e Gabriela ficaram abraçados até que a ajuda chegou e ele foi atendido. Precisou ser levado para o hospital, mesmo após constatado que a bala não atingira nenhum órgão vital, só músculos, sem prejuízos maiores. A garota, ainda em choque, não permitiu que ninguém a separasse do seu herói, e segurou a outra mão de Daniel, a do braço bom, dando-lhe força e coragem.

– Gabriela... ele... – Daniel não conseguiu concluir sua pergunta. Apesar da dor, sua maior angústia era pelo que poderia ter acontecido a ela.

– Não. Você conseguiu me salvar. – O rapaz sorriu aliviado. Preferia ser agredido a permitir que a garota acumulasse mais traumas.

– Fiquei tão desesperado. Eu não queria que nada acontecesse com você.

– Eu sei – Gabriela o interrompeu, beijando seus lábios cuidadosamente sob o olhar atento dos dois enfermeiros. – Mas desista. Eu gosto mais de você como sapo do que como príncipe encantado.

Daniel riu e engasgou, fazendo a moça redobrar a atenção. Sentiu seu ombro doer com o movimento.

– Tudo bem. Gosto de ser o sapo.

Gabriela o beijou com carinho decidindo que o beijo apagaria as coisas ruins que tinham acontecido naquele dia. Nada iria interferir nos seus últimos momentos juntos. Ela seria forte o suficiente para impedir isso.

Capítulo 10

Apesar de Daniel ter sido atingido por um tiro no ombro, nada de mais grave acontecera que o impedisse de sair do hospital no dia seguinte. Nenhuma consequência séria a não ser algumas escoriações e uma costela trincada. Gabriela tinha conseguido alguns arranhões e hematomas, além do trauma, que com certeza a acompanharia pelo resto da vida, mas essa parte o rapaz não precisava saber; ela mais uma vez seria forte para enfrentar os seus fantasmas sozinha, afinal, dentro de poucas horas, Daniel voltaria a fazer parte do passado.

Gabriela teve de prestar depoimento, pois havia matado um homem e isso geraria um processo, mesmo tendo agido em legítima defesa. Daniel, mesmo contra todos os apelos da garota, ligou para o seu advogado pedindo-lhe que assumisse o caso, e com isso a moça não precisaria permanecer na cidade por mais tempo.

Quando o inquérito fosse concluído, ela seria notificada. O próprio delegado disse que não daria em nada, pois o bandido já era procurado por cometer as mesmas atrocidades, além dos furtos. Gabriela se sentiu aliviada ao saber que tirou do mundo uma pessoa que não merecia viver, impedindo que outras mulheres passassem pelo que ela quase passara.

Daniel teria alta no dia seguinte e estava muito inquieto. Apesar dos inúmeros problemas vividos nos últimos dias, não conseguia deixar de pensar na reunião já marcada, à qual ele chegaria em cima da hora. Toda a sua equipe o aguardava ansiosamente, e o pior era que, com o roubo do carro, todos os documentos foram levados, restando somente seu *pen drive*.

Por mais absurdo que pareça, o rapaz sentia-se inseguro para enviar tais documentos por e-mail. Raquel ainda era uma ameaça, e poderia muito bem interceptá-los e sabotar mais um contrato de vital importância para a continuidade da empresa. Estava decidido a manter as informações a salvo, e para isso precisaria chegar antes dos envolvidos.

– Como vamos fazer? Não seria melhor pedir a alguém que viesse te buscar? – Gabriela sugeriu após verificar com o médico se tudo estava bem. Ela permaneceu no hospital desde a fatídica noite, saindo apenas para ir ao hotel trocar de roupa e resolver o que Daniel solicitava.

– Nos buscar, Gabriela. Somos um pacote. E não. Se alguém tivesse que sair de lá para vir me buscar, eu não chegaria a tempo. Preciso seguir viagem o mais rápido possível.

– Podemos pedir carona – ela sorriu irônica tentando amenizar a tensão. – Ou... enfrentar um ônibus. – Daniel fez uma careta não gostando muito das opções. – Não seria tão ruim, claro que não é como viajar de carro, mas...

– Tudo bem. Você dirige. Deus sabe o quanto eu fico apreensivo... Gabriela, por favor, seja uma pessoa normal pelo menos uma vez na vida. Vamos buscar o carro e colocar o pé na estrada. – Fez uma careta ao forçar o corpo para se levantar.

– Vai demorar um pouco para o médico chegar, Daniel, e você só poderá sair quando receber alta – Gabriela o segurou pelos ombros forçando-o a se deitar outra vez.

– Mas não vamos chegar a tempo. E se você fizer qualquer besteira... – Gabriela fez cara feia para um Daniel tenso e mandão. – Não sei se consigo dirigir com um braço e o ombro inutilizados. A reunião será um fiasco, isso se eu conseguir chegar. Não vou ter como demonstrar os documentos e gesticular e...

– Ei! Eu estou aqui. Somos um pacote, certo? Posso dirigir sem fazer nenhuma besteira e também ajudar com a reunião. É só você me falar sobre a pauta e do que vai precisar.

Daniel ficou olhando para Gabriela inseguro sobre aceitar a sua ajuda, mas ao mesmo tempo sabia não ter como recusar.

– Não posso te colocar dentro daquela sala de reuniões – disse já decidido. Ela era a única pessoa com quem ele poderia contar naquele momento.

– Por que não?

– Tenho medo do que você possa aprontar. Você é imprevisível, e esta é a última chance para a minha empresa.

– Prometo que não vou fazer nada que você não tenha me ordenado.

– Gabriela, entenda, será uma reunião difícil; eu deveria ter planejado uma estratégia que os convencesse a aceitar a minha proposta, mas não me concentrei nisso nos últimos dias. O clima será muito tenso. Acredite em mim, você não vai querer participar.

– Sou sua única chance – levantou uma sobrancelha para ele com ar de vitória.

Daniel suspirou.

– Tudo bem. Não posso fazer nada diferente disso mesmo. Então... será que consegue buscar o carro sem se meter em problemas? Tenho medo só de pensar em você andando sozinha nessas ruas.

– Daniel, a loja é na próxima esquina.

– E a documentação?

– Na minha bolsa.

– É só pegar o carro, passar no hotel, apanhar nossas coisas e voltar para me buscar, entendeu? Nada de sair por aí, nada de estragar meu carro e, principalmente, nada de entrar em ruas estranhas, fui claro?

– Sim, chefe.

Daniel revirou os olhos.

– Verifique o carro todo. Não podemos ter problemas mecânicos no meio do caminho. Gabriela? – A moça o olhou com ar de aborrecimento. – Estou falando sério. O carro é a nossa única opção.

– Tudo bem, Daniel, eu entendi tudinho.

– Então vá, seja rápida. Quando o médico liberar minha saída, não quero que nada mais me atrase.

Gabriela deu um beijo rápido nele e saiu para cumprir a sua missão. Ela nem bem passou pela porta e Daniel já estava arrependido. Sua intuição lhe dizia que a garota o surpreenderia.

Após uma hora, Gabriela estava de volta e Daniel já havia recebido alta. Ambos se trocaram no banheiro do hospital, pois precisavam estar adequadamente vestidos para a reunião. Ela passaria o restante da manhã e parte da tarde dirigindo, por isso colocou tênis, separando os saltos para a hora certa de usá-los.

Já tinha passado no hotel e fechado a conta, colocando as mochilas no porta-malas do carro. Aproveitara o tempo restante para ir até o mercado e abastecer o carro com tudo de que talvez precisassem. Com todo cuidado e atenção, ela conduziu Daniel pelo corredor do hospital. Ele sentia-se incomodado com o excesso de zelo. Não estava quebrado a tal ponto.

Daniel ficou na entrada do hospital enquanto a garota foi buscar o carro. Quando a avistou, não conseguiu acreditar. Gabriela era mesmo uma louca, e ele com certeza a mataria por isso.

Gabriela se aproximava sorrindo, orgulhosa do carro que dirigia. Um conversível rosa, com capota branca e bancos de couro da mesma cor. Tinha feito a troca dos carros um dia antes, enquanto o companheiro estava internado e precisara resolver as questões da documentação.

Ela seria a própria Penélope Charmosa, não fossem seus longos cabelos avermelhados. Sorria satisfeita, como uma criança que acabara de receber um presente. Ao se aproximar, Daniel viu o volante também branco e bem felpudo. O que tinha dado naquela mulher?

– Eu não vou andar nisso.

–Por que não? Isto aqui é uma maravilha! – Segurava-o pelo braço bom para ajudá-lo a chegar ao carro, mal contendo tanta felicidade.

– Gabriela, o que você fez com o carro que escolhi? Onde está o carro que comprei? Eu te disse...

–Troquei. Não foi maravilhoso? Não dava para ficar só olhando para esta belezura. Se eu vou dirigir por tanto tempo, que seja em alto estilo.

Daniel se calou tentando conter a raiva. Aquele não era o momento. Discutir sobre a troca dos veículos não mudaria nada. A bobagem já estava feita.

– Você quer realmente que eu chegue à minha empresa dentro deste carro? O que você imagina que os outros executivos vão pensar de mim?

– De você? Nada. Vão pensar que tem uma secretária muito "estilosa", não é *chic*? – ela abriu um imenso sorriso.

Decidido a não perder mais tempo com aquela conversa, Daniel entrou no carro, rígido como uma rocha. A cara era de poucos amigos e de completa vergonha, mesmo assim se deixou levar de volta à estrada.

– Dá para fechar a capota?

– Não está chovendo e é uma delícia sentir o vento nos cabelos.

– Feche a capota, Gabriela – ordenou com raiva, e ela obedeceu contra a vontade.

O restante da viagem Gabriela ouviu atentamente tudo o que Daniel falava. Tentava absorver as informações para poder ajudá-lo da melhor maneira possível. Daniel estava muito concentrado e tentava esclarecer todas as dúvidas que Gabriela expressava, assim como as que ela não verbalizava, mas que ele sabia que existiam.

Apesar da insegurança, não podia fazer diferente; Gabriela era, realmente, sua única chance. Ligou para Gustavo e Vítor a fim de organizar alguns detalhes. O sinal estava horrível, e ele pouco pôde explicar aos amigos. Portanto, o grosso das informações estava restrito a ele e à garota a seu lado.

Fizeram uma parada rápida para comer e logo voltaram para a estrada. Gabriela não tinha dito nada que não fosse relacionado ao objetivo de Daniel. Até tentou explicar o porquê de ter uma opinião diferente da dele em relação à sensualidade da lingerie bege. Não conseguiu convencê-lo.

– Tudo depende de quem estiver usando, Daniel.

– Então não estamos falando da lingerie, e sim do corpo da modelo.

– Não. Todo corpo pode ficar sensual usando o modelo correto de uma lingerie bege. Cada corpo exige um modelo adequado.

– Não consigo sequer imaginar você usando lingerie bege. É broxante – riu.

– Você se surpreenderia – Gabriela abriu um imenso sorriso chamando a atenção dele para o fato de que aquele seria o último dia deles juntos. De repente ele sentia uma necessidade urgente dela.

– Não tivemos tempo para ficar juntos hoje.

– Estamos juntos.

– Não da forma como eu gostaria.

– Problema fácil de resolver, mas com certeza a reunião vai pro beleléu.

– Podemos comemorar com um jantar e uma noitada após a reunião. – Daniel pretendia adiar o máximo possível a despedida deles. Um jantar e mais alguns momentos juntos e quem sabe ele... Quem sabe?

– Então você está mais confiante? Já fala em comemorarmos.

– Não consigo pensar o contrário vendo esse sorriso. Você é tão... vida! Eu te olho e penso no quanto é linda, alegre, decidida e cheia de vida. Isso renova a minha esperança.

– Mesmo não gostando do carro que comprei?

– Bom... não posso falar mais nada a esse respeito. Vou me livrar dele o mais rápido possível.

– Como assim? Você vai vendê-lo? – olhou rapidamente para o rapaz que sorria com carinho para ela.

– Não. Ele é seu.

– O quê? – Gabriela gritou surpresa.

– Claro. O que você acha que eu vou fazer com um carro desses? É seu e é mais do que merecido.

– Daniel, não posso. Eu não... posso – a voz de Gabriela quase se perdeu na última palavra.

– Pode sim. Será uma forma de se lembrar de mim quando não tiver mais que pegar carona.

– Eu nunca irei me esquecer de você – retrucou Gabriela, a voz

A voz embargada pela emoção.

A entrada deles na cidade do Rio de Janeiro mudou o foco da conversa, deixando a tensão ressurgir. Imediatamente Daniel recomeçou a falar das informações que ela precisava saber, e toda a emoção do momento se perdeu.

Então ele ligou para a empresa avisando que estavam chegando. Conseguiu dar algumas ordens e esquematizar o trabalho de todos. Gabriela parou o carro na entrada da empresa, onde um rapaz aguardava para estacionar o veículo. Do lado de dentro, Vítor e Gustavo se olhavam interrogativamente. Eles estavam aguardando Daniel e ficaram bastante surpresos ao ver que havia alguém com ele, e que carro era aquele?

Quando Daniel entrou, com o paletó jogado no ombro, devido ao ferimento, Gustavo e Vítor ainda riam, mas pararam imediatamente ao perceberem que o chefe não estava para brincadeiras. Ambos olharam para Gabriela e para o rapaz várias vezes em busca de respostas.

– Gustavo, Vítor, esta é Gabriela; ela vai me auxiliar com a reunião.

– O quê? – Gustavo o interrompeu interrompeu de modo bastante inconveniente. – Gabriela? Você é uma representante da outra empresa ou algo parecido?

A garota ia começar a responder quando Daniel tomou a frente.

– Gabriela é uma amiga que está me fazendo um grande favor, Gustavo. Além disso, ela sabe mais sobre o assunto do que vocês dois juntos.

Gustavo e Vítor não se atreveram a retrucar. Aceitaram a presença de Gabriela, pois confiavam em Daniel. Como o tempo era curto, trataram de conversar sobre o que seria necessário para a reunião, apesar de cientes de que todo aquele falatório não teria qualquer utilidade, visto que nada sabiam a respeito da outra empresa.

Daniel fez um resumo rápido para os amigos sobre o que tinha em mente e como tentaria justificar a escolha da pequena fábrica para ser a principal fornecedora da nova linha de lingerie. Era uma missão quase impossível convencer uma equipe de profissionais da área de que lingerie bege poderia sim ser vista como algo sexy, atraente... Ele achava muito improvável, mas era sua obrigação tentar.

– Todos já chegaram, inclusive uma diretora de comunicação. Você precisa ver que mulher! – Gustavo riu e Daniel ficou constrangido pelo comentário feito na frente de Gabriela. Vítor, percebendo a reação de Daniel, tentou consertar a situação:

– Ele não fala em outra coisa desde que essa mulher chegou. Parece que alguém aqui vai se amarrar.

Gustavo riu.

– Quem me dera. Por essa eu abro mão de tudo.

– Vamos nos concentrar na reunião, por favor. Onde está Milena?

– Esperando você em sua sala – Vítor respondeu avaliando melhor Gabriela. Era bonita, jeitosa, arrumada... E Daniel sorria timidamente sempre que a olhava. Não precisava ser muito perspicaz para perceber que o amigo estava apaixonado pela garota.

– Ótimo. Preciso de cópias.

– Tenha calma, tudo vai dar certo, você é Daniel Ferreira – Vítor brincou tranquilizando o amigo.

Daniel olhou Gabriela nos olhos pela primeira vez desde que entraram na empresa. Havia um pouco de tudo naquele olhar. Admiração, orgulho, receio, medo... Paixão? Será? Ela o observava com cautela e tentava aparentar segurança. Ele relaxou um pouco mais.

Assim que as portas do elevador se abriram, Daniel se transformou. Passou a ser o homem seguro, determinado, firme, que sabia exatamente o que estava fazendo. Gabriela não pôde deixar de notar a diferença, e também não conseguiu evitar o incômodo. Aquele Daniel não se encaixava no mundo dela.

Entraram na sala da presidência onde uma moça linda, com cabelos negros esvoaçantes, um vestido que deixava claro o seu nível social e saltos altíssimos, andou, ou melhor, dançou em direção a eles como Gabriela percebera.

– Milena, essa é Gabriela, que vai substituir você na reunião. Não se preocupe, não estou te demitindo; ela vai me ajudar apenas porque no momento está mais inteirada do assunto do que vocês. – Gabriela ficou sem graça – Mas a sua presença continua sendo necessária. Preciso que cuide de tudo enquanto preparo melhor Gustavo e Vítor.

– Oi, Gabriela! Eu sou Milena. Não precisa ficar constrangida, Daniel é assim mesmo, e eu adoraria ter alguém dividindo trabalho comigo. Ao menos não envelheceria tão depressa.

Gabriela observou o rosto impecável de Milena buscando algum sinal de envelhecimento precoce. Nada. Ela era linda e adorável. *Perfeita para o mundo de Daniel*, pensou com amargura.

– Milena, você poderia ajudar Gabriela com as cópias dos arquivos que estão no *pen drive*? Preciso também que a oriente sobre como se portar dentro da sala de reuniões e fique de olho nela; Gabriela é uma mulher imprevisível.

– Daniel! – Gabriela grunhiu incrédula. Daniel sorriu lindamente demonstrando que estava apenas brincando. A garota corou nitidamente e perdeu a linha de raciocínio. Ele a desconcertava.

– Vamos, Gabriela, há muito o que fazer. – Milena a pegou pelo cotovelo conduzindo-a ao computador.

– Encontro vocês lá – inclinou a cabeça despedindo-se das moças. Saiu da sala, acompanhado dos amigos.

– Nervosa? – Milena fitava Gabriela atentamente. Apesar de estar muito bem-vestida, não parecia ser o tipo de mulher familiarizada com o ambiente empresarial. Ela olhava tudo como se fosse a primeira vez.

– Muito – confessou por fim, sentindo-se oprimida. Gabriela estava com medo de estragar tudo e com isso perder Daniel para sempre. Outra vez.

– Não fique. Você só vai fazer o que Daniel pedir.

– Eu sei.

As duas ficaram em silêncio.

– Vocês se conheceram na viagem?

– Sim. Ele me deu carona.

Milena olhou fixamente nos olhos de Gabriela, um pouco chocada, um pouco admirada.

– E ele já confia desse jeito em você? Nossa! Essa viagem realmente mexeu com Daniel – seu sorriso revelava o que ela sutilmente insinuava.

– Na verdade ele acabou ficando sem opções.

– Entendo. Bem… vamos ao trabalho?

– Vamos.

Assim que todas as cópias foram impressas, Milena levou Gabriela por um corredor enorme que terminava em uma porta dupla, de madeira escura, a qual a secretária abriu revelando uma sala de reuniões digna de filmes, com tela de cinema em uma extremidade e a mesa, que a princípio deveria ser oval, mas aparentemente foi achatada no meio com o objetivo de aproximar os participantes.

Daniel esta sentado na outra extremidade, bem no final da mesa, enquanto ouvia um homem relativamente jovem explanar sobre os objetivos da reunião. Ele o escutavacom toda atenção. Milena e Gabriela entraram em silêncio e sentaram-se em um local à parte.

Quando o homem terminou, Daniel fez sinal para que Gabriela fosse até ele com um relatório, enquanto Milena distribuía cópias do documento para os demais participantes. O rapaz olhou brevemente para sua companheira, fazendo-a entender que não seria fácil conseguir uma vitória naquele contrato.

– Isso foi tudo o que você conseguiu para a gente, Daniel?

Outro homem, negro, porte atlético, paletó impecável e uma postura mais ereta que a de Daniel, chamou a atenção de Gabriela. Ele estava sentado entre uma mulher muito bonita, loira, cabelos escovados, pontas emborcadas, magra, corpo escultural, usando roupa preta que contrastava com a pele muito branca e um batom vermelho chamativo. Com certeza era a tal mulher maravilhosa que Gustavo havia mencionado, e outro homem que ainda analisava os documentos era quase careca, magro e descoordenado. Usava óculos que escorregavam em seu nariz pequeno e pontudo.

– Produtos de qualidade e bom gosto a um preço excelente. Sem contar que é um diferencial que despertará a atenção do público. Exatamente o que vocês procuravam.

Daniel respondeu com bastante segurança ao homem que indagou. Este assentiu. Então o rapaz começou a falar dirigindo-se a todos os presentes na sala, incluindo sua própria equipe:

– Se vocês analisarem os documentos em mãos, poderão perceber que a fusão é completamente viável e lucrativa para todas as partes interessadas. A fábrica em questão é pequena e precisa de investimento, trabalha com produtos ótimos e de qualidade inquestionável, conforme vocês podem conferir na lista de material utilizado para a confecção das lingeries. A fusão ocorreria de maneira tranquila, sem turbulência ou impedimentos. Os documentos estão em ordem, e os donos da fábrica, interessados no processo. O maior trabalho será nosso, e posso atestar a vocês que realizaremos a maior e melhor campanha para garantir o sucesso do produto, como tem sido com todos os outros da sua empresa.

– Daniel – um homem gordo e branco, que suava profusamente, apesar do ar-condicionado no máximo, o interrompeu. – A nossa proposta era para uma fábrica de lingerie que nos possibilitasse lançar uma linha sexy. Sinceramente, você deve concordar comigo, e acredito que todos os presentes também, que não há nada de sensual em uma lingerie bege e, pelo que estou vendo, esta fábrica é especializada nesse tipo de produto.

Gabriela e Daniel trocaram um breve olhar. Ele estava tenso.

– Eu entendo, mas, se olharmos por outro lado…

– Para qual lado poderemos olhar? É certo que o produto vai vender. Lingerie é lingerie em qualquer lugar, e são vendidas para todas as finalidades, mas estas em questão não servirão para a finalidade que desejamos. A ideia é inovar para o Dia dos Namorados.

– Exatamente! – Daniel colocou empolgação na voz. – Inovar. Criar um novo conceito de sensualidade – os executivos se entreolharam. Gabriela percebeu que não aceitariam a proposta.

– Desculpe! Não sei como vai conseguir isso. Eu realmente não vejo como transformar lingerie bege em algo sexy – o mesmo homem gordo e suado interrompeu Daniel fazendo-o recuar.

Gabriela correu os olhos atentamente pela sala. As pessoas presentes não acreditavam na campanha, nem o próprio Daniel. O homem negro não olhava para ninguém, apenas fingia ler o documento, a mulher fatal sorria para Gustavo, com ar de superioridade. O homem praticamente careca tamborilava os dedos na mesa, ansioso pelo fim daquela reunião, e o homem gordo… Bom… o homem gordo apenas suava.

Porém Daniel precisava daquela vitória, e só ela poderia ajudá-lo.

– Eu sei como – Gabriela levantou-se, chamando a atenção de todos, e se dirigiu para a outra extremidade da mesa.

Daniel arregalou os olhos sem acreditar no que ela estava fazendo. Tinha lhe dito que não fizesse nada, e agora a garota estava arruinando tudo. Ele pensou em mil maneiras de matá-la.

Capítulo 11

– Gabriela! – Daniel a advertiu por entre os dentes. Ela já passara por ele e seria impossível detê-la. Tudo estava acabado.

– Vocês precisam abrir a mente para as novidades e deixar que novos conceitos se formem.

Gabriela se inclinou sobre a mesa, olhando cada um dos participantes com bastante atenção. Todos a encaravam curiosos, menos Daniel, que estudava as diversas formas de matá-la.

– Explique – o homem gordo enxugou a testa e se virou na direção da garota.

– Uma lingerie bege pode ser tão sexy quanto outra de qualquer cor. Basta que seja do modelo adequado e esteja no corpo certo.

– Então estamos falando do corpo da mulher com a peça – a mulher que até então estava calada, apenas trocando olhares com Gustavo, falou interessada. Gabriela olhou para ela e não conseguiu achar nenhum adjetivo que a descrevesse perfeitamente, exceto: perfeita!

– Independentemente do corpo, a lingerie deve ser adequada para cada biótipo. Nesse aspecto a cor da peça não é o mais importante.

– Não é tão simples assim. As pessoas têm opiniões formadas, como a lingerie vermelha, considerada o ápice da sensualidade, mesmo quando a peça não é tão bonita ou sexy. Duvido muito que alguém olhe para uma lingerie bege e sinta tesão – o homem negro expressou a sua opinião.

Gabriela nada respondeu, apenas se afastou da mesa para que todos pudessem enxergá-la por inteiro. Com um sorriso, estendeu as mãos rendendo-se e com habilidade desprendeu o vestido que usava, tirando-o dos ombros e deixando-o escorrer pelo corpo. Ela sabia que Daniel a odiaria por isso, mas precisava provar que estava certa e salvar a empresa.

À medida que o vestido caía e revelava aos expectadores o corpo escultural de Gabriela, para a surpresa de todos, viram-na usando uma lingerie bege, retirada das coisas de Daniel antes do incidente com o carro. No momento em que as pegou, pensava em usá-las para surpreender seu companheiro e escolhera aquele último dia para pôr em prática o seu plano, mas, com tudo o que aconteceu, acabou deixando a lingerie para outra finalidade.

Todos a olhavam, inclusive Daniel. Gabriela estava usando um sutiã meia taça que lhe dava mais volume aos seios sem torná-los artificiais. A peça possuía renda fina em sua extensão, revelando partes da pele clara da moça, e em outras, mais ousadas, cobertas com um tecido no mesmo tom, de modo a insinuar a ideia de nudez que atiçava a imaginação de todos os presentes.

Finalizava com alças finas que não precisavam sustentar os seios, visto que o modelo tinha sido desenhado para um corpo com seios pequenos e firmes, como era o caso da garota que servia de modelo.

A calcinha era muito pequena, também com uma fina tira dos lados e duas ainda mais finas formando um "x" na frente no início do tapa-sexo, também coberto por uma renda delicada, que sugeria revelar demais quando na verdade escondia. O fundo era fio dental nada vulgar, muito pelo contrário, extremamente sexy.

Completando o conjunto, Gabriela usava meias 7/8, com aplicações do mesmo tipo de renda na parte superior, colando-se nas coxas roliças sem precisar de uma cinta-liga. Tudo bege.

Um silêncio sepulcral se formou na sala.

– Como vocês podem ver, esta é uma peça original da empresa que deseja a fusão... – Gabriela lentamente começou a se mover pela sala, permitindo a todos que olhassem mais de perto o que ela exibia. – Percebam a sua delicadeza. A riqueza dos detalhes...

Enquanto falava, tocava a lingerie de maneira bastante sensual. Ao chegar perto de Daniel, ela apenas ficou de frente para todos os outros, possibilitando ao amante uma visão ampla da bunda, enquanto ele tentava ao máximo se concentrar no que ela dizia e não no que exibia. Gabriela então tocou suavemente o sutiã.

– Vocês podem estar admirando o meu corpo, ou até a lingerie, mas o mais importante neste momento é que consigam fundir as duas coisas. – A moça se inclinou na mesa, apoiando-se sensualmente com os dois braços, e sorriu, deixando todos os homens embasbacados. Claro que com isso empinou ainda mais a bunda para Daniel.

Tudo bem. Eu vou primeiro comer esta louca e depois matá-la, Daniel pensou sentindo o Will se manifestar no meio das pernas. Era impossível ignorar o efeito que Gabriela causava nele. A moça parecia nem perceber o que estava fazendo, e isso o deixava ainda mais excitado.

– Como vocês devem ter percebido, a minha pele é muito clara e a lingerie é bege. Era para ser "intesível"? – perguntou olhando diretamente para o homem que tinha afirmado tal fato. – Não é. Estou certa? – questionou, sentindo-se mais confiante quando viu a mulher maravilha sorrir para ela. – Sabem o que eu vejo? Uma segunda pele. Imaginem uma segunda pele delicada, linda e sexy, como a que eu tenho aqui, e me respondam: não é uma pele que gostariam de tocar?

Todos estavam vidrados em Gabriela, os olhares de admiração e deslumbramento.

– Então... – voltou ao seu tom de voz habitual, mudando subitamente de personalidade, coisa que Daniel conhecia muito bem –, acredito que consegui mudar a opinião de todos vocês e corroborar o que Daniel estava tentando demonstrar. É para isso que estamos aqui. Para mudar conceitos, inovar e quebrar os paradigmas. Obrigada pela atenção, senhores. Daniel reassumirá a palavra.

Gabriela pegou o vestido no chão vestindo-o novamente, como se nada tivesse acontecido, e voltou ao seu lugar. Milena exibia um sorriso que quase não cabia no rosto. Só então a garota se deu conta da grande loucura que havia feito e começou a se preparar para a fúria de Daniel.

Ele, ainda confuso e sob o efeito da demonstração de Gabriela, não sabia como reassumir a reunião. Apenas olhava para as pessoas que o encaravam em resposta. Foi Sueli, a loira fatal, quem quebrou o silêncio:

– Perfeito! Parabéns, Daniel, você conseguiu. Com certeza agora estou sentindo muita vontade de ter uma dessas. Era disso que precisávamos.

– Vai ficar fantástico em você – Gustavo disse hipnotizado com a beleza da mulher, rapidamente percebendo que falava com uma profissional competente e que tinha ultrapassado as barreiras. – Digo... com certeza você precisa conhecer de perto os produtos com que vai trabalhar e... – Vítor tentava não rir da situação vendo Gustavo desconcertado e tão vermelho quanto um tomate. Quando o amigo se portara de maneira tão idiota?

– Depois de tudo o que foi abordado aqui, não posso negar que vocês têm razão – o homem gordo tomou a palavra, sorrindo para Daniel. Tinha mudado a postura e falava com mais entusiasmo.

– Então... – Daniel olhou para seus clientes, sentindo-se inseguro.

– Pode preparar a papelada. Acabamos de fechar um negócio.

Todos sorriram e apertaram as mãos. Daniel sorria aliviado, trocando olhares com Gabriela. Ela sabia que ainda haveria um acerto de contas e, sinceramente, não estava muito ansiosa por isso.

Após algum tempo, os participantes da reunião foram se retirando da sala. Gustavo tinha conseguido convencer Sueli a jantar com ele, com a desculpa de que seria bom conversarem a respeito da comunicação entre as empresas. Ficaram na sala Milena, Vítor, Gabriela e Daniel. Milena e Vítor decidiram comemorar à maneira deles a volta por cima da empresa. Assim que a secretária fechou a porta da sala, Daniel encarou Gabriela, que recuou com medo do que ele faria.

– O que foi aquilo tudo?

– Daniel, eu não sei o que me deu. Estava tentando ser o mais normal possível, aí senti que eles não iriam fechar o negócio e que por isso a empresa poderia fechar, então resolvi apelar. Eu... Desculpe! Não queria te irritar, sei que prometi, mas...

Daniel ainda a encarava, a expressão do rosto suavizando até formar o sorriso deslumbrante. Aquele que destruía todos os neurônios de Gabriela.

– Não é disso que estou falando. Você foi perfeita. Louca, mas perfeita. E, se não fosse essa sua loucura, não estaríamos comemorando agora.

– Então do que você está falando?

– Estou falando de você ficar esfregando essa bunda gostosa na minha cara diante de todo mundo, e eu sem poder tocá-la. Como acha que me senti tendo uma ereção no meio de uma reunião? E, para piorar a situação, você ainda empina a bunda bem na minha frente. Gabriela... quase perdi a noção naquele momento. Você não deveria me provocar assim, eu não tenho muita resistência...

Gabriela se jogou nos braços de Daniel, buscando os lábios dele.

– Que bom que não está chateado; eu fiquei com tanto medo.

Daniel gemeu de dor.

– Cuidado! – Gabriela se afastou com a mesma rapidez. No calor do momento, esqueceu que o rapaz estava machucado.

Daniel já tinha resistido demais e não conseguiu se conter ao sentir Gabriela em seus braços, ou melhor, em seu braço livre, já que o outro estava preso em uma tipoia. Seus lábios se encontraram e ele a beijou com desejo. A garota correspondeu com a mesma intensidade, sentindo a mão do seu amante percorrer-lhe o corpo.

Uma onda de calor pungente a atingiu e ela se deixou levar. Daniel a levantou e, trocando de posição com sua companheira, ele a sentou sobre a mesa de reuniões, postando-se entre as suas pernas. Os lábios dele tocavam com muita delicadeza a pele do pescoço da moça fogosa. Em alguns pontos ele passava a língua saboreando aquela pele maravilhosa, ao mesmo tempo que tentava despi-la. Algo praticamente impossível com apenas uma das mãos.

– Daniel, aqui não. Alguém pode entrar.

– Ninguém vai entrar. Estamos em reunião.

– Pare com isso – pediu, apesar de estar deliciada. Ria da ousadia do rapaz, permitindo que a tocasse com devassidão.

– Gabriela, eu preciso vistoriar o produto que você tem em mãos. Como posso saber se é mesmo "o melhor" para o meu cliente se não analisar minuciosamente o que estou oferecendo?

– Quer me estudar? – olhou assustada para seu amante, que apenas confirmou com um gesto de cabeça, os olhos brilhantes e o sorriso devastador.

Daniel a deitou sobre a mesa, deixando as pernas longas e roliças penderem. Abaixou-se e beijou com desejo a barriga de Gabriela, que se contorceu de prazer. Subiu a mão acariciando-lhe um dos seios, depois a desceu para acariciar o ponto mais quente do corpo da mulher, por cima da calcinha. Era impossível se conter. Ela gemia sem pudor.

– Você me mata de desejo, Gabriela – ele ardia por dentro das roupas. – Preciso da sua ajuda; não tenho como fazer nada com essa droga de braço preso na tipoia.

– Sente-se, Daniel – Gabriela ordenou, e o rapaz obedeceu. Rapidamente a garota acomodou-se em seu colo, voltando a beijá-lo. – Só não tire sua mão de mim e deixe o resto por minha conta.

Desabotoou a camisa dele, tocando seu corpo bronzeado e esculpido. Ela adorava o peitoral de Daniel, tão de acordo com tudo o que ele era. Descendo a mão, abriu a calça do rapaz que a beijava e acariciava como podia. Sob o olhar atento do amante, retirou o vestido deixando-o analisar de perto a lingerie.

– Linda!

Buscou os seios da garota com os lábios, mordiscando o volume que se projetava. Gabriela se agarrou aos seus cabelos sentindo intensamente os gestos do parceiro. Daniel puxou o bojo do sutiã que ofertava, sem muita resistência, os bicos intumescidos e rosados. Toda a pele da moça estava arrepiada.

– Tire a calcinha; fique só de meia para mim.

Gabriela sorriu. O pedido feito daquela forma, com a voz carregada de excitação, reverberou em seu centro de prazer. Providenciou atender ao que ele pedia, não sem fazer uma ceninha antes. Passou os polegares pela calcinha, ameaçou tirar, não tirou, virou de costas e, rebolando, levantou os cabelos longos, descendo um pouco sobre os saltos.

Daniel sorria, admirando a mulher que o encantava cada vez mais. Ela brincou com a calcinha e sem nenhum pudor a retirou, ficando somente com as meias e os saltos. Era mais do que ele podia suportar. Estava saudoso daquele corpo. Puxou Gabriela com o braço livre fazendo-a novamente se sentar no seu colo. Ela se encaixou no parceiro de uma só vez. Ambos gemeram ao mesmo tempo.

Gabriela segurou no pescoço de Daniel, beijou seus lábios com carinho, sorriu inocentemente e iniciou seus movimentos num ritmo controlado a princípio. Alternando entre rebolar e cavalgá-lo sensualmente. Ele não conseguia decidir de que jeito era mais gostoso.

Quando finalmente a moça acelerou o ritmo, nenhum dos dois conseguia mais se lembrar de onde estavam. Gemiam incontrolavelmente, dizendo coisas um ao outro sem se preocupar se seriam ouvidos.

Chegaram ao orgasmo com segundos de diferença, cada qual perdido em seu nirvana. Enquanto esperavam a respiração reassumir a normalidade, permaneceram em silêncio, mutuamente se sentindo. Daniel beijou a cabeça de Gabriela com carinho e acariciou seus cabelos.

– Minha maluquinha.

Gabriela sentiu os olhos umedecerem. Queria realmente voltar a ser dele, mesmo sabendo que não podia.

– Eu é que sou a maluca? Você transa comigo dentro da empresa, sem se preocupar com mais nada, e eu que sou maluca?

– Tem razão. O que posso fazer se sua loucura é contagiante? – riu meio envergonhado. Ele gostava realmente daquela menina. – Devo estar enlouquecendo – correu seus dedos pelo rosto dela, absorto em sua beleza. – Está com fome?

– Um pouco.

– Vamos jantar? Podemos jantar em meu apartamento e depois passar o restante da noite comemorando nossa vitória.

Gabriela não sabia o que responder. Não queria perder um minuto dos seus derradeiros momentos juntos.

– Nossa?

– Você ganhou esta – piscou provocante para ela, que apenas revirou os olhos sem querer começar de novo aquela conversa. Então concordou e se vestiu rapidamente. Ajudou Daniel com a roupa, achando graça da vulnerabilidade dele.

O casal passou a noite no apartamento luxuoso de Daniel, e não apenas se alimentaram de comida, nem saciaram a sede somente com bebidas, mas se alimentaram de prazer e beberam da mais pura e intensa paixão.

Pela manhã, Gabriela saiu da cama com cuidado para não acordá-lo. Não queria uma cena de despedida. Desejava apenas ir embora levando consigo o que acontecera de melhor entre os dois. Tomou um banho rápido e retirou suas roupas do quarto. Ainda olhou para Daniel, que dormia serenamente. Lindo e perfeito como sempre tinha sido. Sentiu as lágrimas caírem. Abriu a porta do quarto, saindo à procura dos sapatos.

– Gabriela? – Daniel apareceu com o rosto marcado pelo lençol, o semblante confuso. – Vai sair?

– Fim da carona, Daniel. Preciso ir para casa e ver se ainda tenho um emprego – ela mentiu. Gabriela iria embora do Rio de Janeiro na primeira oportunidade. Não poderia ficar perto dele, ao menos enquanto não fosse forte o suficiente para resistir a seu amor por Daniel.

Ele continuou olhando-a confuso. Sabia que aquele momento chegaria, mas não estava preparado. Na verdade, não queria que ela fosse embora, queria que ficasse, não por mais alguns dias, e sim para sempre. Já tinha experimentado o amor, porém estava há tanto tempo fechado para esse sentimento que parecia enferrujado, totalmente incapaz de reconhecê-lo quando surgiu de novo em sua vida.

A partir do momento em que fora obrigado a deixar Lorena naquele fim de mundo, não tinha conseguido amar outra mulher, e tantos anos passaram que não sabia mais o que era esse sentimento.

Com Gabriela, ele sentiu seu coração voltar a bater. Tinha se acostumado a ela, a suas maluquices, e até achava graça das situações em que ela o metia. Daniel tinha certeza de que a garota havia conseguido ajudá-lo a enterrar Lorena no fundo do coração, fazendo-o se sentir livre e vivo de novo.

– Não precisa ser assim – foi cauteloso; não queria assustá-la.

– Mas é assim que tem que ser. Tenho que voltar para a minha vida, Daniel.

– Olha, Gabriela, você não precisa voltar para o seu emprego. Eu posso te dar um melhor. Vi o que fez ontem e foi brilhante. É claro que existe uma vaga para você em minha equipe.

– Não quero trabalhar para você. Não vai dar certo.

– Então me deixe te arranjar outro emprego. Tenho vários contatos. Ninguém vai se negar a abrir as portas para…

– Não precisa fazer isso.

– Eu sei, mas quero fazer.

– Por quê?

– Porque não quero que você vá embora – admitiu desesperado. – Se não quiser ficar por causa do emprego… – aproximou-se acariciando o rosto dela. – Fique por mim. Por nós dois. Sei que parece loucura, mas… eu me apaixonei.

– Você se apaixonou por mim? Uma estranha que conheceu há poucos dias?

– Sim – admitiu emocionado. Tinha certeza de que fazia a coisa certa. Não queria Gabriela fora de sua vida.

– Daniel, olhe para mim – a garota reagiu com raiva na voz. – Olhe para mim. – Ele a olhou sem compreender. – O que você vê? Quem você vê quando me olha?

– Eu vejo uma mulher esplêndida, linda e muito inteligente.

– Você não consegue enxergar quem eu realmente sou? – gritou enraivecida, a voz rouca por tentar segurar o choro.

– Você é Gabriela.

Ela balançou a cabeça, negando o que ele dizia.

– Como pôde se apaixonar por uma estranha e me enterrar dentro de você? – deixou as lágrimas caírem. – Você não me reconheceu! – acusou-o.

– Do quê você está falando?

– A minha vida é um livro, mas infelizmente não sou o autor. As pessoas escrevem em minhas páginas, e eu não posso fazer nada além de aceitar o que está escrito. É por isso que vou embora. É por isso que preciso te deixar.

Daniel cambaleou alguns passos para trás. Ele estava pálido. Finalmente havia assimilado o que ela dizia. Entendera no instante em que ela dissera aquelas palavras. As mesmas que ele dissera a Lorena, quando teve de partir, quando a abandonou. Gabriela era...

– Lorena? – era incapaz de coordenar seus gestos com os próprios pensamentos.

– Oi, Daniel! – respondeu entre lágrimas.

Impossível. Tinha descoberto o amor aos treze anos e aos dezessete fora obrigado a abandoná-lo. Agora, aos trinta, finalmente havia voltado a amar e, por ironia do destino, a mulher por quem se apaixonara era a mesma que um dia havia deixado para trás.

– O que aconteceu? Por que você não me contou? – não sabia o que dizer. Olhando para Gabriela/Lorena, ele não conseguia mais distinguir uma da outra. Era tão óbvio! Como não percebera antes?

– Eu te contei. Eu te contei em vários momentos, mas você nunca prestou atenção.

– Lorena! – Daniel a abraçou emocionado. – Você não sabe o quanto sofri, o quanto te procurei. Eu voltei... Eu te contei. Não sabia do bebê. Me perdoe! – dizia tudo ao mesmo tempo. – Deus! Como senti a sua falta esses anos todos. Nunca consegui te esquecer.

– Você se apaixonou pela Gabriela.

– Por você. Era você o tempo todo; esta é a maior prova do meu amor.

– Você não me reconheceu, Daniel. Olhou em meus olhos e disse que nunca passaria por mim sem me reconhecer.

– Lorena, não faça isso. Não... Pense bem, está magoada, eu sei, entendo. A vida foi difícil para você, mas estamos juntos outra vez e podemos reparar os erros. Me deixe cuidar de você, permita que eu te dê tudo o que me preparei a vida inteira para dar.

– Chega, Daniel! – gritou. – Lorena não existe mais. Ela ficou perdida naquele fim de mundo quando você foi embora, quando aquele acidente terrível tirou a única coisa que ficou de você em mim. Eu sou Gabriela, a mulher com quem você se divertiu esses dias, a quem ofereceu uma carona apenas porque queria transar com ela. E essa Gabriela está descendo do carro e te agradecendo tudo, mas agora ela vai embora e você vai continuar na estrada, seguindo sua vida.

Daniel estava paralisado; não sabia o que responder. Confuso e perdido. Lorena pegou a mochila e foi embora, deixando para trás um Daniel completamente derrotado.

Capítulo 12

Quase um mês tinha se passado e Daniel pouco havia descoberto do paradeiro de Lorena. Quando ela foi embora, ele não conseguiu reorganizar seus pensamentos a tempo de correr para a porta e impedi-la. E, assim, Lorena estava perdida para ele mais uma vez.

Durante quase um mês, Daniel viveu praticamente na inércia. Sentia-se anestesiado. Gabriela era Lorena, e ele a amava; como pôde passar tanto tempo ao seu lado sem perceber nada?

Trabalhar, comer, suas atividades rotineiras, tudo ocorria de forma mecânica, como se precisasse disso para ter certeza de que não estava preso em um pesadelo. Estes só atacavam à noite, quando, esgotado, sonhava com Lorena indo embora, entrando em um caminhão e desaparecendo da sua vida.

Foi a partir do segundo mês que começou a agir, mais por insistência dos amigos, Gustavo e Vítor, que, cansados de assistir ao sofrimento do rapaz, começaram uma investigação para descobrir o paradeiro de Lorena,ou de Gabriela. O próprio Daniel demorou a se inteirar dos fatos.

Por meio de um amigo detetive, descobriram o local onde ela trabalhava, mas, para desespero de Daniel, a garota, que lá também se identificava como Gabriela, havia pedido demissão. Onde morava também não foi diferente: ela se mudara praticamente no mesmo dia em que ele descobrira a verdade. Daniel não sabia mais o que fazer. Lorena tinha sumido como fumaça em dia de ventania. Era como se seu passado voltasse para cobrar dele o que tinha ficado para trás, para puni-lo sem a menor piedade.

Durante vários anos de sua vida, Daniel sofreu por não ter conseguido encontrar Lorena. Por esse motivo, mesmo que inconscientemente, nunca havia conseguido amar mais ninguém até encontrar Gabriela, ou a própria Lorena. Ela parecia estar em outro corpo e, sem sombra de dúvidas, com outra personalidade, ou outras personalidades.

Como ele não percebeu antes? Apesar de algumas diferenças, ainda era a mesma Lorena de sempre, a sua Lorena. Os olhos... por que não ligou uma coisa à outra? Ela havia tirado as lentes de contato desde que ele lhe contara sobre seu amor de adolescência. Como não a reconheceu? Seus cabelos estavam bem diferentes, tingidos de vermelho, corte repicado... Ela havia retirado os aparelhos dos dentes e não usava mais óculos... As lentes, claro!

A pele ainda era a mesma, translúcida, delicada, macia... Estava mais alta, com mais curvas, mas como ele poderia imaginar? Quando Daniel fora embora, ela estava com dezessete anos e, apesar de sempre ter tido um corpo bonito, não era tão perfeito quanto agora. E seu comportamento? Lorena sempre foi muito recatada, tímida, mal olhava nos olhos dos outros; como ela pôde mudar tanto, ficar tão... porra louca!

Ele buscava respostas, mas todas que encontrava apenas o atiravam na mais profunda depressão. Tinha sido tudo sua culpa. Tudo porque não tivera coragem de enfrentar os pais deles. Ela estava grávida de seu filho e teve de passar por tudo aquilo sozinha.

– Eu não sabia – repetia pela milésima vez para Vítor, enquanto o amigo tentava tirá-lo de casa para que se distraísse um pouco. Havia dez dias que as investigações tinham sido encerradas. Lorena provavelmente pegara alguma carona e, sem deixar rastros, sumira no mundo. Daniel estava arrasado.

– Ninguém te culpa pelo que aconteceu, nem mesmo a própria Lorena.

– Mas eu tinha que saber. Um filho era possível, como isso nunca me passou pela cabeça? Nós tínhamos transado sem camisinha. Se eu… – Daniel parou com os olhos perdidos no nada.

– O quê? – Vítor virou-se para onde Daniel estava olhando, absorto em pensamentos, como se visse alguma coisa. Ele não conseguia mais compreender o amigo.

– Vítor, foram tantos acontecimentos que não me lembrei de um detalhe. Outra vez, deixei passar esse maldito detalhe – Daniel ainda mantinha o olhar perdido, mas agora estava furioso também.

– Do que você está falando?

– O destino pode estar nos pregando uma peça.

– Daniel, se você não explicar, será impossível entender.

– Vítor, quando fui embora, no passado, deixei Lorena grávida, apesar de não saber.

– Sim.

– E agora…

– Não me diga que ela pode estar grávida outra vez.

– Existe uma grande possibilidade. Como eu pude ser tão burro a ponto de deixá-la partir? Ela está sozinha de novo, provavelmente esperando um filho meu.

– Você não sabe se ela está realmente grávida.

O amigo estava mesmo decidido a tirar Daniel daquela confusão. A menina tinha sumido, e não havia como encontrá-la. Deixar que mais fatores fossem levados em consideração só contribuiria para que a vida de Daniel nunca mais voltasse a seguir o curso normal.

– Não posso esperar que ela esteja de novo na estrada daquela maldita cidade, pedindo carona, para descobrir. – Como não podia deixar de ser, Daniel parou como se tivesse deixado algo importante passar despercebido. – Claro! Como pude ser tão burro? – Pegou as chaves do carro e foi em direção à porta.

– Ei, cara! Para onde você vai? – Vítor gritou sem saber o que fazer. Daniel tinha pirado de vez.

– Vou resgatar o meu passado, Vítor. Vou buscar a mulher da minha vida e desta vez juro que ela não escapa. – E bateu a porta antes que Vítor conseguisse falar alguma coisa.

Daniel sabia que fazer aquela viagem de carro seria demorado e cansativo, mas não se importava. Era muito melhor estar na estrada do que em um aeroporto aguardando um voo que poderia ou não decolar. Uma força maior do que ele o impulsionava a seguir, a assumir o controle do carro. O rapaz tinha certeza de que, se o destino estava aprontando alguma coisa com eles, só poderia ser naquela mesma cidade onde tudo começara.

Dentro do seu coração, Daniel sabia que Lorena o aguardava.

Fez questão de seguir o mesmo caminho por onde a vida o ensinara a amar aquela mulher difícil e encrenqueira. A mesma estrada que passava por ele entupindo-o de recordações. Sentia-se tão leve que ria das sandices e loucuras aprontadas por Lorena. Depois de todas as revelações, cada coisinha que ela tinha feito ou dito era sentida por ele como a mais maravilhosa do mundo.

Lembrava-se das mudanças bruscas de humor dela, entendendo que na verdade apenas tentava esconder dele quem era realmente. Mas por quê? E foi com pesar que descobriu que Lorena o reconhecera no primeiro instante, muito antes de ele parar o carro para lhe dar carona. Ela o havia reconhecido ainda na lanchonete. Por isso o olhava de maneira tão estranha.

Precisaria, mais do que nunca, utilizar toda a sua capacidade de persuasão para fazer Lorena aceitá-lo de volta. Seria difícil, ele a tinha machucado de todas as formas possíveis. Mas o rapaz planejava vários argumentos, e, se não funcionassem, imploraria de joelhos, sem se sentir nem um pouco mal ou humilhado. Se nada disso desse certo… Ah! Ele a jogaria no ombro e a levaria embora assim mesmo. Se Lorena pôde se transformar numa maluca, ele também poderia.

Quando Daniel chegou à cidade, após dois dias na estrada, sabia exatamente onde procurar: na casa que tinha sido do do pai dela, o local em que eles tinham feito amor pela primeira vez. Sorriu com a lembrança, mas seu sorriso se desfez rapidamente. Lorena havia se aperfeiçoado muito nesse quesito. Seus dedos apertaram com força o volante e ele afundou o pé no acelerador. Bom… A culpa era dele. Se tivesse contado aos pais o quanto a amava, isso nunca teria acontecido. Reduziu a velocidade e com calma chegou à porta da casa.

E se ela já vendeu, como disse que faria? Sentia-se em pânico antes de sair do carro. Deu ré e parou mais afastado. Precisava pensar no que fazer. Organizar as ideias e estabelecer estratégias… Nem se deu conta de quanto tempo ficou parado ali, paralisado, quando viu a porta da casa abrir e Lorena sair usando um vestido longo, florido e de mangas curtas.

Só então percebeu que naquele dia, e isso era raro de acontecer, o sol visitava a cidade. Não havia chuva, nem qualquer ameaça de uma. Não estava frio, pelo menos não como era habitual. Assistiu admirado à Lorena, cabelos soltos de um vermelho ainda mais desbotado, levantar a cabeça para receber o sol. Ela era esplêndida, maravilhosa!

Com cuidado saiu do carro e caminhou em sua direção. Ainda não sabia o que dizer. Quando chegou a uns dez passos dela, percebeu que tinha sido visto. Lorena virou para encará-lo, sem acreditar no que estava vendo. Ficaram se olhando sem dizer nada. Daniel queria correr e abraçá-la, mas não podia, pois nem sequer imaginava a reação dela.

– Fiquei sabendo que a casa está à venda. – Sentiu-se um idiota ao dizer isso. Lorena o encarou por um tempo. Sem perceber, inclinou a cabeça um pouco para o lado, pensando no que ele tinha falado. Daniel sorriu. Era o seu melhor sorriso, o que tirava o raciocínio de Lorena.

– Não acredito que um homem como você vá se interessar por uma casa velha caindo aos pedaços – respondeu inexpressiva. Daniel olhou a casa e fez uma careta entendendo o que ela falava. Estava realmente velha e acabada.

– Tem razão. Isso então me dá o direito de ter um bom desconto, já que gastarei muito com a reforma – coçou a cabeça bagunçando os cabelos e captando a atenção da garota, que o olhava aturdida. Ela não sorriu.

– Desculpe, desisti de vender. Essa casa me traz boas recordações; não posso me desfazer dela.

– Tem certeza? – Daniel deu dois passos, sem demonstrar intimidade. – Eu gostaria muito de comprá-la.

– Ela é grande demais para um homem sozinho – sorriu, embora os olhos estivessem tristonhos.

– Não venho sozinho. Minha esposa e meu filho vão morar comigo.

– Ah! – Inconscientemente, Lorena desviou o olhar, sua mão a traiu indo direto para sua própria barriga. – Não sabia que você tinha casado. Parabéns! Pelos dois: o casamento e o filho – manteve os olhos baixos com medo de não conseguir segurar as lágrimas. A voz continuava firme e indiferente.

– Eu não me casei. Ainda... – O rapaz olhou fixamente para as mãos de Lorena pousadas na barriga. Era a confirmação de que precisava. Ela percebeu e rapidamente colocou-as na cintura. – Primeiro tenho que convencer a mãe do meu filho a perdoar a minha burrice e o fato de eu não ter percebido quem ela era – aproximou-se ainda mais. – Eu ainda preciso lhe dizer que meus olhos podem não ter reconhecido a mulher da minha vida, mas meu coração com certeza a reconheceu no primeiro minuto.

Lorena não sabia o que dizer. Foi pega de surpresa e não estava acostumada a lidar com uma situação como aquela. Desde que Daniel saíra de sua vida, ela só havia conhecido dor. Se não fosse pela gravidez, teria desistido de tudo. Agora ele estava ali, parado a sua frente, pedindo que lhe perdoasse. Era como um sonho guardado havia muitos anos, escondido no fundo do seu coração, um desejo nunca revelado e no qual jamais se atrevera a acreditar.

O silêncio de Lorena deixou Daniel confuso. A garota não expressava emoção alguma. Permanecia calada, apática, olhando-o como se ele pertencesse a outro mundo. Ela não lhe perdoaria tão fácil. Então partiu para a segunda parte do plano: implorar. Sem perda de tempo, ajoelhou nos pés da moça, segurando-a pelos quadris, encostando a testa no seu ventre.

– Lorena, eu sou um imbecil, a bem da verdade, sempre fui. Nunca deveria ter permitido que meu pai me levasse embora. Deveria ter percebido que havia uma grande chance de você estar grávida, eu não... Não sei como pude ser tão idiota. – Ela continuou calada e Daniel não teve coragem de olhar em seus olhos. – Não me faça sofrer mais do que já estou sofrendo. Sei que mereço isso e até mais, mas, por favor, não me afaste. Quero resgatar tudo o que perdemos. Tudo o que era para ser nosso e não foi. E quero você, quero este filho, quero esta família. Não me deixe de fora. É nosso filho... – Chorou, deixando a emoção dominá-lo. Estava triste, sentindo dor pela perda, e precisava a qualquer custo resgatar o seu passado.

– Como você soube? – ela enfim falou em uma voz rouca, quase inaudível. – Como descobriu que eu estava grávida?

– Eu não tenho mais dezessete anos, Lorena. – A garota gentilmente abraçou a cabeça de Daniel contra seu ventre, acariciando seus cabelos. Ele relaxou, aspirando o cheiro doce que vinha dela. – Estou perdoado?

– Parece que não tenho outra alternativa – respondeu sem fitá-lo, o olhar distante. – Tenho a ligeira impressão de que, se esta segunda parte do seu plano não der certo, você me atirará nos ombros e me levará embora de qualquer maneira.

– É bem provável – sorriu e beijou carinhosamente o ventre de Lorena.

– Daniel – levantou o rosto dele buscando o seu olhar –, lembre-se de que estou grávida, então nada de me colocar no ombro, certo?

– Certo. – Ambos sorriram perdidos no olhar um do outro.

Daniel se levantou e a beijou. Agora que ele sabia quem ela era, tudo ficou mais perfeito: o beijo, o toque, os cheiros. Ela era a pessoa que ele tinha procurado a vida inteira. Era Lorena, seu primeiro e único amor.

– Será que existe uma cama decente nesta casa velha? – riu, e a garota se fingiu indignada.

– Ei! Mais respeito com a minha casa; ela tem idade para ser sua avó. – Daniel a beijou com mais intensidade. – E você nunca teve problemas com a falta de uma cama – acrescentou já entregue aos braços dele.

– É diferente agora. Quero fazer amor com a mãe do meu filho, ou dos meus filhos. Não posso te jogar no fundo do carro, ou no meio das árvores, ou qualquer coisa parecida com o que já fizemos – acariciou com bastante cuidado o rosto da mulher que amava, apreciando cada detalhe. – Agora não precisamos mais da urgência de antes. A viagem acabou e a carona também, mas a estada é eterna, então… – Daniel levantou Lorena nos braços, caminhando em direção à porta da casa – com calma… – Ele a beijou ternamente nos lábios. – Vamos fazer o melhor amor que já fizemos em toda a nossa vida. Eu te amo, Gabriela. Te amo, Lorena. Sempre amei e sempre vou amar.

Subiu a escada com Lorena nos braços, até o quarto que antes era dela. O mesmo quarto em que ele se escondia todas as noites para que pudessem ficar juntos por mais tempo. Estava exatamente igual. Daniel acomodou sua amante cuidadosamente na cama e, deitando-se sobre o seu corpo, teve cuidado para que seu peso não a sufocasse. Ele a olhou nos olhos com tamanho amor que a garota se perdeu naquele olhar.

Não preciso narrar aqui para vocês o que aconteceu em seguida. Só posso dizer que Daniel cumpriu sua promessa e deu à moça o melhor amor que ela já tinha recebido até aquele dia. Digo até aquele dia porque a busca da perfeição era uma tarefa constante para o rapaz e, a cada momento juntos, ele dava a ela o melhor amor que podia.

Gabriela, ou Lorena, como agora ela aceitara ser chamada, não pensava mais em toda a dor que tinha vivido sem Daniel. Os momentos de felicidade ao seu lado eram tantos que a impediam de pensar em coisas tristes.

Eles partiram no dia seguinte para o Rio de Janeiro, mas não venderam a casa. Reformaram-na e decidiram que passariam as férias lá, agora com a família toda. Casaram-se em uma cerimônia simples, como Lorena preferiu. Durante toda a gravidez, Daniel se revezava entre o trabalho e a mulher, tentando ser o mais presente possível. Quando sua linda filha nasceu, ele não teve mais dúvidas: precisava ficar mais tempo em casa, e assim foi até o nascimento de seu filho e depois de seu outro filho, e Daniel não podia pensar em felicidade maior.

Se você consegue visualizar uma cena de filme na qual a frase final é inconfundivelmente *"E foram felizes para sempre"*, este poderia ser perfeitamente o quadro a ser pintado dos dois. Uma linda história de amor, com dois caminhos traçados separadamente resultando em um mesmo final.

Travessuras da vida, que um dia, entediada, resolveu brincar com o destino deste casal. Mas quem pode vencer um amor verdadeiro?

Sendo assim, você deve estar se perguntando o que aconteceu com Raquel. Posso te contar que, enquanto Daniel e Lorena compartilham a felicidade ímpar de ter sempre o calor um do outro para se manterem aquecidos, Raquel tenta superar o frio do Alaska pagando suas loucuras ao tentar destruir a vida de Daniel. Mas não se enganem! Ela guarda no armário uma foto do nosso casal feliz publicada em uma revista no dia do casamento, e nutre a esperança de voltar e cobrar com juros o fato de não ser ela naquela imagem.

Agradecimentos

Agradecer será sempre a parte mais difícil. São tantas pessoas, tanto carinho e respeito pelas minhas obras, que eu passaria uma vida escrevendo nomes para conseguir agradecer de verdade a todos.

Representando todos os leitores que me acompanham no Facebook, Twitter, blog, Wattpad, Whatsapp… minhas fiéis "tietes" Adriana Gardênia, Sueli Coelho, Marla Costa, Tatiana Mendonça, Renata Pereira, Tatiana Cabral, Allane Mágilla, Wilza, Adriana Prado, Marcia Fráguas, Fernanda Terra… Obrigada! Cada dia, cada hora, cada minuto e cada segundo dedicado aos meus livros, tudo é muito precioso. Vocês são as melhores, as eternas, as únicas.

A Mário Bastos, amigo e irmão, por todos os momentos em que teve de aguentar a minha falta de atenção e dedicação e, ainda assim, continuar ao meu lado, sem me deixar cair ou desistir.

A Mariza Miranda, minha revisora e amiga, que viaja comigo em todas as minhas loucuras, ajudando-me e incentivando-me de maneira única.

A Tica Raposo, por não hesitar e vibrar com cada vitória, cada conquista que venho obtendo nesta vida louca que é escrever.

Aos meus filhos: Diogo, Daniel e Beatriz, por serem a mágica da minha vida, o pulsar do meu coração, o sangue em minhas veias. Tudo de ontem, hoje e amanhã será sempre por vocês.

Ao meu marido Adriano, por todos os *"está bom, mas pode ser melhor"; "você pode mais"; "você merece mais"; "eu não concordo com isso que você escreveu"*. Até mesmo pelo silêncio de muitas horas e pelos puxões de orelha que recebo por dar mais atenção ao computador do que à família. Pode não parecer, mas sempre preciso desse gás. Amo você!

Aos meus irmãos, por todos os *"que capa é essa?"; "de onde você tira estas histórias"; "eu vou ler, mas estou sem tempo"; "largue o computador e venha ficar com a sua família"*... Sandra, Thaisa, Tarsila, Igor e Ivan. Eu não poderia escolher irmãos mais maravilhosos. Amo vocês!

A minha mãe, Maria das Graças, e a meu pai, Nilton do Amaral, por tamanha paixão por livros, a ponto de me contagiar. O amor de vocês mudou a minha forma de enxergar o mundo.

Obrigada!

INFORMAÇÕES SOBRE NOSSAS PUBLICAÇÕES
E ÚLTIMOS LANÇAMENTOS

FACEBOOK.COM/EDITORAPANDORGA

TWITTER.COM/EDITORAPANDORGA

WWW.EDITORAPANDORGA.COM.BR